如果 诗词 会 讲 故事

高昌 —— 编著

中华诗词学会副会长

唐诗篇

朝华出版社
BLOSSOM PRESS

图书在版编目（CIP）数据

如果诗词会讲故事．唐诗篇／高昌编著．-- 北京：
朝华出版社，2023.8（2024.5重印）
ISBN 978-7-5054-4750-9

Ⅰ．①如… Ⅱ．①高… Ⅲ．①古典诗歌—诗歌欣赏—
中国—儿童读物 Ⅳ．① I207.2-49

中国国家版本馆 CIP 数据核字 (2023) 第 068833 号

如果诗词会讲故事（唐诗篇）

作　者 高昌

选题策划 王晓丹
责任编辑 刘　莎
责任印制 陆竞赢　崔　航

出版发行 朝华出版社
社　　址 北京市西城区百万庄大街 24 号　　**邮政编码** 100037
订购电话 （010）68996522
传　　真 （010）88415258（发行部）
联系版权 zhbq@cicg.org.cn
网　　址 http://zhcb.cicg.org.cn
印　　刷 天津市光明印务有限公司
经　　销 全国新华书店
开　　本 710 mm×1000 mm　1/16　　　　**字　　数** 89 千字
印　　张 10
版　　次 2023 年 8 月第 1 版　2024 年 5 月第 2 次印刷
装　　别 平
书　　号 ISBN 978-7-5054-4750-9
定　　价 49.00 元

高昌伯伯的话

　　我们的中国是一个诗国，我们的民族是一个富有想象力和审美精神、充满智慧和感情魅力的民族。上下五千年的瑰丽的文明史，出现了数不胜数的优美诗篇和灿若繁星的优秀诗人，也流传下来不胜枚举的诗词故事。

　　诗词里的中国故事，美好；故事里的诗词中国，精彩。我给小读者们挑选和讲述这些诗词故事，期待能引导孩子们从更多维的角度感受中华诗词之美，深刻感悟跨越时空的诗意和浪漫情怀。

　　中华诗词史，实际上也是中华民族的精神谱系和心灵史册。一路风雨，一路跋涉，一串串闪光的美好足迹，一道道绚丽的时代彩虹，见证着中华诗词的生生不息。此时此刻，回望芬芳葳蕤的风雅来路，顿觉赏心悦目，沉醉不已。中华诗词是中华文化基因中最鲜活、最灵动、最炽热的一份感动，是中华情、中国梦的美好记忆和美丽载体。那根温柔敦厚的琴弦就藏在我们每个人的心间，那些悲悯、善良、真挚、美好的旋律就回荡在我们的耳边，那一个个时代的精神分量、审美经验和生活智慧，指引着我们向前的步伐。历久弥新，长盛不衰，薪火相传，光明普照。

古典文化中有值得继承的文化精华，但也不能囫囵吞枣地全盘吸收这些东西。科学与民主的圣火不熄，自由和光明的追求永不过时。在历代传诵的诗词故事中，冷静思考一下时代局限下的经验和教训，也是一种必要的文化反省和历史反思。所以"分析和思考"，是我想和小读者讲的第一点悄悄话。

我想起杜甫《望岳》中的两句诗："会当凌绝顶，一览众山小。"希望小读者们要有"会当凌绝顶"的肝胆豪情，以及"一览众山小"的宏伟志向。所以"胸襟"和"格局"，是我想和小读者说的第二点悄悄话。

锦绣年华，前途无量。诗谊久久，来日方长。我用杜甫《望岳》诗韵写了一首小诗，附在本文最后，和各位亲爱的小读者共勉：

　　百劫美如斯，三生情不了。

　　风雷出莽苍，星斗罗分晓。

　　横地拔奇峰，压云穿健鸟。

　　起看清格高，知是乾坤小。

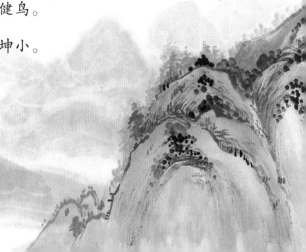

目录

以人为镜

望送魏徵葬（节选）

[唐] 李世民

哀笳时断续，悲旌乍舒卷。

望望情何极，浪浪泪空泫。

无复昔时人，芳春共谁遣。

唐太宗李世民是唐代一位很有能力的皇帝。他身边有一位正直的大臣，名叫魏徵。魏徵经常劝谏唐太宗说："古代的坏皇帝，大都是居安忘危，处治忘乱，所以不能够长久。我记得古书上说，'皇帝就像船，老百姓就像水，水能载舟，亦能覆舟。'"他的意思是提醒唐太宗，君王和百姓的关系就像船和水一样，如果君王不为百姓办好事就有可能像翻船一样倒台。

唐太宗问魏徵："我作为一国之君，怎样才能做到明辨是非、不受人蒙蔽呢？"魏徵回答说："兼听则明，偏信则暗。"意思是说：皇帝要听取多方面意见，才能做出正确判断；只听单方面意见，就会稀里糊涂出昏招。这就是典故"兼听则明，偏信则暗"的来历。

魏徵虽然模样很平常，胆识谋略却过人，特别善于让皇帝回心转意。一次，唐太宗看到洛阳行宫用的茶具都是几年前的旧东西，端上来的酒菜也很平常，就非常生气地把管事的官员骂了一顿。魏徵知道这件事之后，就直接批评唐太宗，说他这种做法不对。唐太

1

宗说："我们的国家现在很富强，皇帝多花点儿钱要什么紧？"魏徵说："您是皇帝，所以更不能开这种奢侈浪费的头啊。难道您忘了上行下效了吗？"唐太宗最后还是被魏徵说服了。

魏徵正直清廉，尤其敢于当面批评皇帝，即使皇帝很生气，他也照说不误。这样一来，皇帝有时候还有点儿怕他。

有一次，唐太宗准备好车马，打算出门去南山游玩，忽然看见魏徵走了过来，就立刻下令把车马赶了回去。魏徵走过来问道："陛下看起来是要出门啊，怎么看到我又不出去了呢？"唐太宗笑着说："刚才想去南山游玩，看到你了，怕你又要责怪我花费太大，就取消了。"

还有一回，唐太宗得到一只很漂亮的鹞（yào）鹰，非常喜欢，就放在手臂上反复把玩。正玩得高兴的时候，他突然远远地看见魏徵走了过来，怕魏徵又进谏说自己玩物丧志，就悄悄把鹞鹰藏到怀中。可是，魏徵早看到他藏鹞鹰了，所以跟唐太宗说起话来故意磨磨蹭蹭，半天也不肯走。后来，唐太宗好不容易等到魏徵离开，却发现那只可怜的鹞鹰已经在自己的怀里憋死了。唐太宗气冲冲地回到后宫，自言自语："魏徵这个乡巴佬太过分了，我早晚要杀掉他。"好在皇后很贤德，听到唐太宗这样说，就赶紧劝告他："魏徵敢这么做，正是因为您是明君啊！有明君才有贤臣，怎么能杀贤臣魏徵呢？"唐太宗听了，觉得是这么个理儿，后来就更加敬重魏徵了。

魏徵死后，唐太宗说："以铜为镜，可以正衣冠；以古为镜，可以知兴替；以人为镜，可以明得失……魏徵殂（cú）逝，遂亡一镜矣。"意思是说：用铜做镜子，可以整理好一个人的衣帽；用历史做镜子，可以知道王朝的兴衰；用人做镜子，可以知道自己行为的对错。他认为魏徵就是自己的一面"人镜"。给魏徵送葬的时候，唐太宗专门写了首《望送魏徵葬》，表达了自己的悲痛心情，抒发了对魏徵的深切怀念。诗的后半部分是这样写的：

> 哀笳时断续，悲旌乍舒卷。
>
> 望望情何极，浪浪泪空洒。
>
> 无复昔时人，芳春共谁遣。

骆宾王咏鹅

咏鹅

[唐]骆宾王

鹅，鹅，鹅，曲项向天歌。
白毛浮绿水，红掌拨清波。

骆宾王是唐初的著名诗人，"初唐四杰"之一。骆宾王的名字中虽然有一个"王"字，但他不是一个王爷，而是平民出身。骆宾王出生在义乌（今属浙江省）的一个书香门第。他长得眉清目秀，活泼可爱。祖父很喜欢这个长孙，就按照《易经》中的一句话"观国之光，利用宾于王"，给他起名宾王，字观光，期待他将来观仰风范，辅佐君王，光宗耀祖。

他的父亲骆履元常年在外地做小官，祖父就带着他们一家在乡下过着平静的耕读生活。祖父也曾在外地做过官，学识很渊博，只要一有空闲，就会带领家中子弟们一起读书学习。对于骆宾王，祖父更是从他学说话的时候就开始教他写字，还教他背诵先辈的诗歌和文章。骆宾王的母亲也知书达理，能够辅导他的学习。而骆宾王对诗歌好像有着一种天生的理解力，无论多么难懂的诗歌，他一教就会、一点就透。

到四五岁时，骆宾王已经能够背诵许多著名的诗歌，而且还会开口作诗。每逢家里来了客人，祖父和母亲都会让小骆宾王出来给客人表演背诗和作诗，这渐渐地成了他的保留节目。远近的人们都知道，骆家有个会背诗作诗的小神童。

骆宾王七岁时的一个秋天，祖父的一位老朋友远道来访，就住在骆宾王的家里。祖父照例让骆宾王给客人表演背诗和作诗，骆宾王一一照办，大家纷纷夸奖骆宾王，骆宾王自己也很开心。不过，客人却动起了小心思，他觉得骆宾王会背诗已经了不起，但会作诗，他则有点儿疑心是大人事先给骆宾王准备好的。于是，这个客人就提出想要考考骆宾王。

祖父马上点头答应，骆宾王也一挺小胸脯，自信地说："请您出题吧！"这时，恰好从门前的池塘中传来几声清脆悦耳的鹅叫，客人灵机一动，就说："就用池塘里的白鹅做题目吧。"

骆宾王一点儿也不害怕，说声"好的"，就拿了一个小凳子，跑到池塘边上看鹅去了。这时，清风吹拂，碧波荡漾，池塘中的绿水中漂着几只活泼的白鹅，好像一幅优美的画。骆宾王在这美丽的风景中歪着脑袋坐了一小会儿，就搬着小凳子又回来了。

客人带着微笑问他："是不是写不出来了？"

骆宾王说："写出来啦！请听！"他大大方方向客人行了一个礼，接着高声吟诵起来：

鹅，鹅，鹅，曲项向天歌。

白毛浮绿水，红掌拨清波。

这就是今天选入小学语文课本的《咏鹅》。诗的意思是说：鹅啊，鹅啊，鹅！弯曲脖颈向着天空唱歌。白色羽毛漂在碧绿水面，红色掌蹼划着清澈浪波。

客人听后，鼓起掌来。骆宾王在这首诗中用轻快的笔调和生动的白描，按照从上到下的顺序（曲项、白毛、红掌），把白鹅的可爱形象描写得活灵活现。全诗既有白、绿、红这样鲜明的色彩，又有曲、浮、拨这些活泼的动作，结构完整，层次分明，形象表现了天真孩子对白鹅的喜爱之情。这首诗很快就流传开来，骆宾王神童的名声也更加响亮了。

骆宾王长大之后，经人介绍来到长安，前去道王的府上谋取职位。道王名叫李元庆，是上一任皇帝唐太宗的弟弟、现任皇帝唐高宗的叔叔，地位很高，架子也非常大。相传，骆宾王刚刚来到府上时，道王看他只是个普通书生，就板着脸问："来者何人？"

骆宾王是很有性格的一个人。他见道王这么傲慢，也不答话，而是把脖子一抬，冲着房顶吟诵起了《咏鹅》："鹅，鹅，鹅，曲项向天歌。……"

道王听后立刻变了脸色，惊讶地问道："莫非你是七岁咏鹅的骆宾王？"确定来者是骆宾王之后，道王将其奉为上宾，并请他在自己府上做了一名属官。

李峤咏风

风

[唐] 李 峤

解落①三秋②叶，能开二月③花。

过江千尺浪，入竹万竿斜。

注释

① 解落：吹落，散落。

② 三秋：秋季。指农历九月。

③ 二月：农历二月，指春季。

这首《风》是唐代诗人李峤的作品。这首诗中没有一个字直接写到风，却句句描写的都是风的形象和动态，现代诗人叶圣陶先生的诗歌《风》在写法上与本诗有着异曲同工之妙：

谁也没有看见过风，

不用说我和你了。

但是树叶颤动的时候，

我们知道风在那儿了。

谁也没有看见过风，

不用说我和你了。

但是林木点头的时候，

我们知道风正走过了。

谁也没有看见过风，

不用说我和你了。

但是河水起波的时候，

我们知道风来游戏了。

李峤的诗和叶圣陶的诗，都是通过对具体意象的细致描绘，把看不见摸不着的风表现得有声有色，活灵活现，因而受到读者的喜爱。

李峤的父亲很早就去世了，他的母亲一手把他拉扯成人。据说他童年时梦到一位神仙送他两支神笔，后来他的文章就写得文采飞扬，美如金玉，下笔有神，他年纪轻轻就考中了进士，随后一路高升，三次担任宰相。他的诗文被誉为"一代之雄"，还与苏味道、杜审言、崔融合称为"文章四友"。

李峤做官很有一套，很会选边站队。不过，他后来倒霉，是因为给太平公主的一封密信。他在信中提醒太平公主要警惕李隆基，还建议她最好把李隆基赶出京城长安。可是没想到，李隆基竟然战胜了太平公主，成了皇帝，即唐玄宗。而在抄检太平公主的家时，李峤的信被发现了。好在那封密信只是建议把李隆基赶出京城，并没有让太平公主杀掉李隆基。这样李峤的罪过算是略微轻了些，他得到了宽大处理，只是被赶出了朝廷。

不过，唐玄宗对李峤的文学才能还是很认可的。有一年秋天，歌女们为唐玄宗演唱歌曲时，无意间唱了一曲《汾（fén）阴行》。

这首诗描写的是汉武帝创作《秋风辞》的故事，最后几句是这样写的：

路逢故老长叹息，世事回环不可测。

昔时青楼对歌舞，今日黄埃聚荆棘。

山川满目泪沾衣，富贵荣华能几时。

不见只今汾水上，唯有年年秋雁飞。

唐玄宗听了很感动，就问是谁写的。听到歌女回答作者是李峤时，唐玄宗没有责怪歌女，反而还给李峤的诗"点赞"，说："李峤真才子也。"后来因为安史之乱，唐玄宗在撤退的路上，又想起了李峤的这首《汾阴行》，忍不住喃喃吟诵，吟咏完，又赞叹了一声："李峤真才子也。"

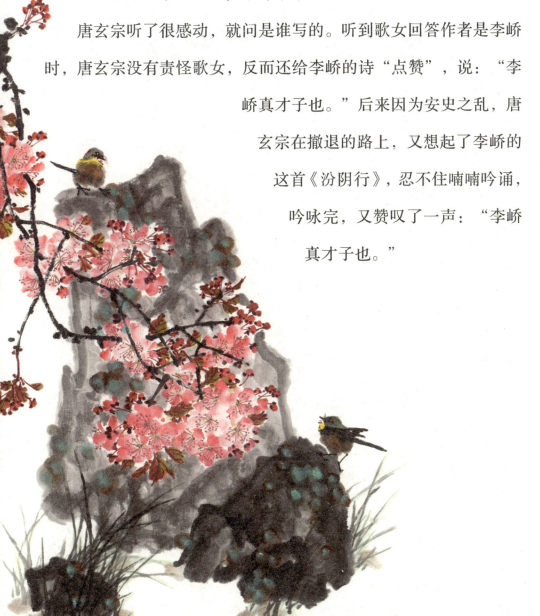

滕王阁①

[唐] 王 勃

滕王高阁临江②渚，佩玉鸣鸾③罢歌舞。

画栋朝飞南浦云，珠帘暮卷西山雨。

闲云潭影日悠悠④，物换星移⑤几度秋。

阁中帝子⑥今何在？槛⑦外长江空自流。

注释

① 滕王阁：故址在今江西省南昌市赣（gàn）江滨，江南三大名楼之一。

② 江：指赣江。

③ 佩玉鸣鸾：身上佩戴的玉饰、响铃。

④ 日悠悠：每日无拘无束地游荡。

⑤ 物换星移：形容时代的变迁、万物的更替。

⑥ 帝子：指滕王李元婴。

⑦ 槛（jiàn）：栏杆。

初唐诗人王勃，少年时就博学多才，被誉为"神童"。因诗文出众，他与杨炯（jiǒng）、卢照邻、骆宾王齐名，合称"初唐四杰"。

有一年，王勃去看望在交趾（今越南境内）做官的父亲。路过南昌的时候，正赶上九月初九日重阳节。南昌都督阎伯屿这一天在滕王阁大摆宴席，请宾客们为滕王阁写诗文助兴。其实他事先让自己的女婿写好了一篇诗文，准备让女婿在大家面前背诵出来，炫耀一下才华。宾客们猜出了阎都督的心意，尽管阎都督客气地请大家写文章，但大家都站在一边观望。

王勃也被邀请参加了这场宴会，但他事先并不知道阎都督的打算。他看大家都不动笔，就主动走上前，拿起纸笔写了起来。虽然阎都督心中老大不高兴，却只能暗暗地生着闷气。

看王勃文章的开头"南昌故郡，洪都新府……"，他想：句子也太普通了，看来这个年轻人没什么了不起的！

可是，随着王勃的笔往后写，阎都督的表情变得严肃起来了。

等到王勃写出"落霞与孤鹜（wù）齐飞，秋水共长天一色"时，阎都督不禁伸出大拇指，赞扬王勃的文章写得好。这篇文章就是著名的《滕王阁序》。

《滕王阁序》的结尾是一首诗，其中有这么几句："闲云潭影日悠悠，物换星移几度秋。阁中帝子今何在？槛外长江□自流。"王勃故意在最后一句空了一个字，把文章交给阎都督就走了。

阎都督发现最后一句空了一个字，觉得很奇怪。旁观的宾客们纷纷议论，这个说一定是"水"字，那个说应该是"独"字。阎都督听了都觉得不满意，于是命人快马追赶王勃。

那个人追上王勃后，王勃没有见他，只让随从转告："王勃说了，一字值千金。"

那个人回去把这话转告给阎都督，阎都督心想：再怎么说也不能让一个字空着，一千金就一千金吧，这样也得个礼贤下士的好名声。

于是，阎都督亲自带上一千金，骑快马去追王勃，请他把空着的那个字补上。王勃被追上后，笑着说："空者，空也。阁中帝子今何在？槛外长江空自流。"阎都督听后，知道空着的那个字就是"空"字，连声称妙。

王勃这首《滕王阁》的定稿是这样的：

滕王高阁临江渚，佩玉鸣鸾罢歌舞。

画栋朝飞南浦云，珠帘暮卷西山雨。

闲云潭影日悠悠，物换星移几度秋。

阁中帝子今何在？槛外长江空自流。

诗的意思是说：滕王阁俯临着赣江，华丽热闹的歌舞早已停止。画栋飞来了清晨的南浦云，珠帘卷去了黄昏的西山雨。悠闲的云朵倒映在江水中，光阴飞逝，世界变迁，在阁中端坐的滕王现在已经找不到了，只剩下栏杆外的赣江空自奔流。

这首诗描绘了滕王阁的壮丽景色，表达了诗人对世事沧桑变化的感慨。其中"物换星移"也演化成为一个成语，本意是景物改变，星辰的位置也随之移动，后用来比喻时序世事的变化。

王勃在看望父亲返程的途中遇到风浪，从船上坠入海中。虽然很快被抢救上来，但他因为惊吓，还是不幸去世了。

陈子昂摔琴

登幽州台歌

[唐]陈子昂

前不见古人①，后不见来者②。
念天地之悠悠③，独怆然④而涕⑤下！

注释

① 古人：古代那些能够礼贤下士的圣君。
② 来者：后世那些重视人才的贤明君主。
③ 悠悠：形容时间的久远和空间的广大。
④ 怆（chuàng）然：悲伤凄恻的样子。
⑤ 涕：指眼泪。

  提到陈子昂，大家可能并不觉得陌生，因为他的《登幽州台歌》实在太有名了。

  陈子昂成长于梓州射洪（今属四川）的一户富裕人家，他一心想要建功立业，于是便来到幽州（今北京市一带）寻找机会。一天，他转着转着，来到了著名的幽州台。

  幽州台还有个名字，叫黄金台。战国时期的燕昭王筑这个台，是用来招揽贤士的。陈子昂登上高台，看看前面，望望后面，前后左右只有自己一个人，不禁一声长叹，随口吟出了《登幽州台歌》：

  前不见古人，后不见来者。

  念天地之悠悠，独怆然而涕下！

  诗的意思是说：前面看不见古人身影，后面看不见来者跟随。

13

想想天地是多么广大啊，却只有我在这里悲伤流泪！

这首诗用慷慨悲凉的调子，表达了诗人寂寞和苦闷的心情。语言明白晓畅、苍劲奔放，富有感染力。前两句写出时间的绵长，第三句写出空间的辽阔，在这样横贯古今、广阔无边的背景中，第四句抒发了诗人孤独悲哀的情绪，更加动人心弦。

关于陈子昂还有这样一个故事：他年轻的时候诗写得很好，可是没有人赏识，很是苦恼。有一天，他遇到一个卖琴的西域商人，那人怀里抱着一把名贵的胡琴，一边弹奏一边叫卖。

"好漂亮的胡琴哪，声音真好听！"人们围着商人，禁不住赞叹说。

"多少钱哪？"有人走上前打听。

"一百万两银子！"

听到商人报出的价钱，问价的人偷偷吐了吐舌头，发出感叹："哇，天价呀！"

因为价钱奇高，所以看热闹的人也越来越多，但这样的高价谁肯买呢？

这时陈子昂走了过来，当场就把胡琴买了下来。接着，他大声地告诉围观的人们说自己明天要当众演奏胡琴，邀请大家来听弹琴。

第二天，果然来了一百多名听众。听众落座后，陈子昂高声说："我叫陈子昂，诗文写得很好，我写了一百篇诗文，但是人们都不知道我。今天在座的各位是应邀来听我奏琴的，可是，我根本就不会弹这个呀！"

说着，陈子昂高高举起手中的胡琴，用力向地上一摔，花一百万两银子买来的胡琴一下子就被摔坏了。听众都目瞪口呆，不明白为什么会发生这样的事。

之后，陈子昂把自己的诗文一一分赠给大家，让人们读他写的诗文。就这样，一天之内，陈子昂的名字就广为流传。他的诗也在诗坛引起了轰动。

素壁题诗

咏 柳

[唐] 贺知章

碧玉①妆②成一树高，万条垂下绿丝绦③。

不知细叶谁裁④出，二月春风似⑤剪刀。

注释

① 碧玉：碧绿色的玉。这里用以比喻春天嫩绿的柳叶。

② 妆：装饰，打扮。

③ 绦（tāo）：用丝编成的绳带。这里指像丝带一样的柳条。

④ 裁：裁剪。

⑤ 似：如同，好像。

　　唐代诗人贺知章和书法名家张旭是关系很铁的好朋友，他们俩既是酒友，又是诗友，还是书友。

　　贺知章的草书、隶书写得非常棒。因为他为人特别豪爽，所以时常有人请他写字。贺知章从不问来求字的人要多少个字，而是先问那个人："你准备了多少张纸？"得到对方回答之后，他便拿起笔，蘸饱了墨，一直到把所有纸写完才停手。

　　据说，贺知章和张旭经常叫书童背着酒壶，一起出城去游玩。玩得渴了累了，就到老百姓家中去歇歇脚，喝喝酒，聊聊天。喝醉了，就在人家洁白的墙壁上用狂草题诗，也不管主人愿不愿意。

　　一次，贺知章和张旭又一起出游，远远地看见一座花园，百花盛开，景色很美。两个人走近了，发现花园入口有一个大大的"袁"

字，知道这花园的主人姓袁，也不管和对方并不认识，就推开门走进去观赏。主人吃惊地问："你们找谁呀？我怎么不认识你们？"

贺知章看看张旭，眨巴眨巴眼睛，没有说话，而是直奔人家白色的墙壁。只见他在白墙前面站好，掏出笔在上面写了一首《题袁氏别业》：

> 主人不相识，偶坐为林泉。
>
> 莫谩愁沽酒，囊中自有钱。

诗的意思是说：我们的确互相不认识，我到你家来只为欣赏你家的美景。别担心没钱招待我，我兜里有钱，请你一起喝！

主人看到诗的落款，才知道他就是大诗人贺知章，连声说："欢迎欢迎，我和我的孩子都会背诵您的大作呢。"说完，脱口而出贺知章的《咏柳》：

> 碧玉妆成一树高，万条垂下绿丝绦。

不知细叶谁裁出，二月春风似剪刀。

诗的意思是说：一棵高高的柳树像用碧玉装扮成的，万条下垂的柳枝像绿色的丝线。不知道这细细的嫩叶由谁裁制，原来和煦春风就像灵巧的剪刀。这首诗用新奇的比喻，具体生动地写出了柳树轻柔嫩绿的美好形象，同时还从侧面描写和赞美了和煦的春风。诗中把绿柳比作碧玉，把柳条比作丝绦，把春风比作剪刀，生动贴切，清新活泼，让人有一种亲切优美的感觉。

贺知章听主人背完，冲着张旭眨眨眼睛，开心地吹起牛来："无人不识贺知章啊！"随后，贺知章和张旭一起豪爽地大笑起来。主人家的小儿子很活泼，蹦蹦跳跳地跑上前来，依偎在贺知章怀里，问道："贺爷爷，您明明知道二月春风似剪刀，却还在第三句故意问不知细叶谁裁出。为什么'明知'却说'不知'，这是不是撒谎呢？"

贺知章还没有答话，张旭代他答道："贺爷爷可不是撒谎。诗人为了引起别人的注意，故意先提出问题，然后自己回答，这样更能够提醒人们思考，也更突出了二月春风的形象。那看不见摸不着的春风，通过'剪刀'的比喻形象地描绘出来。这'剪刀'不仅能裁出嫩绿的柳叶，还能裁出鲜艳的花和蓬勃的草，因此你家花园里的春天才这么美丽啊！"

花园的主人连忙布置桌椅，准备饭菜招待两位贵客。这就是著名的素壁题诗的故事。

金龟换酒

回乡偶书①

[唐] 贺知章

少小离家老大回，乡音②无改③鬓毛④衰⑤。

儿童相见不相识，笑问客从何处来。

注释

① 偶书：随便写的诗。

② 乡音：家乡的口音。

③ 无改：没什么变化。一作"难改"。

④ 鬓毛：额角边靠近耳朵的头发。

⑤ 衰（cuī）：减少，疏落。现一些教材版本读"shuāi"。

贺知章是一位长寿的诗人。他八十多岁的时候，在一家酒肆里遇见了四十多岁的李白。当时贺知章是朝廷里的大官，李白没有任何的官职，就是一名普通的诗人。

李白拿出自己的诗作《乌栖曲》给贺知章看。贺知章捋着胡子，一边看一边点头，十分赞赏。李白又递过他写的《蜀道难》，贺知章还没看完，就兴奋地拍案而起，连声惊叹"好诗！好诗！"，并称赞李白是"谪（zhé）仙人"。"谪仙人"就是下凡的仙人。

贺知章是个才子，也格外爱才和惜才，于是他和李白开怀畅饮，一边喝酒一边谈诗，越喝越高兴，越谈越投缘。从中午一直喝到晚上，两个人都尽了兴，才站起身打算告别。结账时，贺知章发现，自己出来时居然忘了带钱。于是，他毫不犹豫地解下腰间系的金龟交给店主，充当了酒钱。

唐代的金龟并不是一般的佩饰，而是象征官员品级的标志性饰物，当时三品以上的高官才能佩戴。可是，贺知章出手大方，居然一点儿也没犹豫，用金龟来换酒吃，可见他对李白诗歌的喜爱。李白自己也是一个看重义气、不计较钱财的人，曾写过"五花马，千金裘，呼儿将出换美酒"。说起来，他们二人还真是意气相投的忘年交。

从那以后，贺知章和李白就成了好朋友，经常一起喝酒谈诗。没过不久，贺知章把才学出众的李白推荐给了唐玄宗，唐玄宗在金銮（luán）殿上召见李白，相谈甚欢。之后，贺知章就辞职回到越州永兴（今浙江萧山）老家。贺知章一到家就受到了乡亲们的热烈欢迎，当天就写了两首《回乡偶书》，其中的第一首最为著名：

少小离家老大回，乡音无改鬓毛衰。

儿童相见不相识，笑问客从何处来。

诗的意思是说：年少离开家乡，年老才回来，乡音没有改变，鬓发已苍白。小孩子们看见了都不认识我，反而笑着问我从哪里来。

贺知章写这首诗时已经八十六岁，距他离开故乡的时间已有五十多年了。诗人非常细腻地描绘了儿童们的天真和好奇，表达了心中的感叹和喜悦。一二句是充满感慨的自画像，三四句表现了幽默生动的儿童笑问的场面。全诗感情深沉，语言朴实，让读者在不知不觉之中受到感动。

诗的最后一句"笑问客从何处来"为什么有问无答呢？儿童这一句天真的问话，引起诗人心中的很多感慨，却又不知从何说起，所以诗人在这有问无答中悄然结束了全诗。这样写更凝练，更生动，也让读者产生更多的思考和回味。

不幸的是，贺知章回到老家没多久，就突然去世了。听到这个噩耗，李白悲痛地写了一首诗怀念他，其中专门提到："金龟换酒处，却忆泪沾巾。"意思是：李白回忆起贺知章用金龟换酒和大力推荐自己的事，忍不住流下了很多眼泪。

孤篇压全唐

春江花月夜（节选）

[唐] 张若虚

春江潮水连海平，海上明月共潮生。
滟滟①随波千万里，何处春江无月明！

注释

① 滟滟：波光荡漾的样子。

唐诗是我国诗歌创作的巅峰，质量高，数量多。在众多诗人的诗作中，有一首诗被誉为"孤篇压全唐"。小朋友，你知道是哪首诗吗？对，就是《春江花月夜》。

唐代有一位诗人名叫张若虚，他流传下来的作品不多，他的生平后人也不太了解。但是他用春、江、花、月、夜这五个名词作为意象写出的《春江花月夜》，却取得了极大的成功。这首诗比较长，我们可以节选其中几段精彩诗句：

春江潮水连海平，海上明月共潮生。

滟滟随波千万里，何处春江无月明！

…… ……

江天一色无纤尘，皎皎空中孤月轮。

江畔何人初见月？江月何年初照人？

…… ……

如果诗词会讲故事·唐诗篇

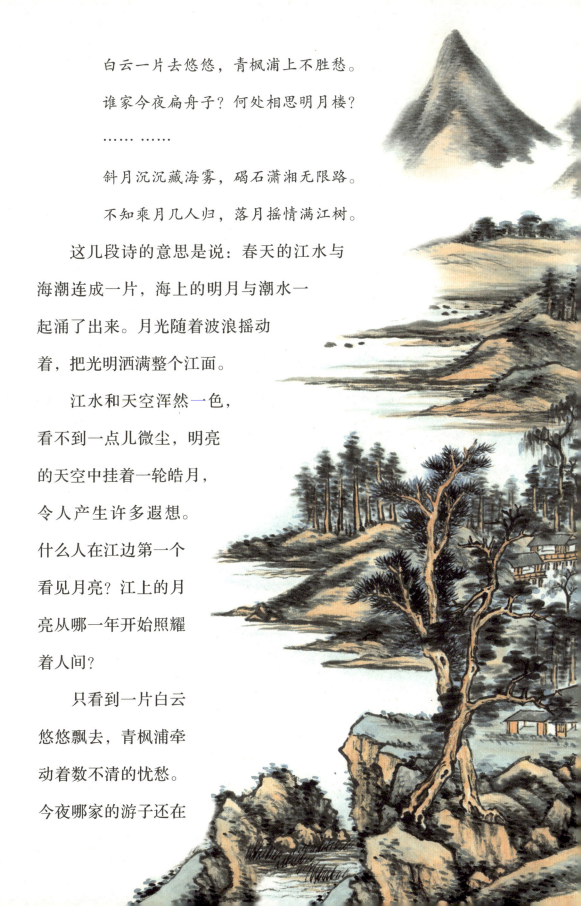

白云一片去悠悠，青枫浦上不胜愁。

谁家今夜扁舟子？何处相思明月楼？

……　……

斜月沉沉藏海雾，碣石潇湘无限路。

不知乘月几人归，落月摇情满江树。

　　这几段诗的意思是说：春天的江水与海潮连成一片，海上的明月与潮水一起涌了出来。月光随着波浪摇动着，把光明洒满整个江面。

　　江水和天空浑然一色，看不到一点儿微尘，明亮的天空中挂着一轮皓月，令人产生许多遐想。什么人在江边第一个看见月亮？江上的月亮从哪一年开始照耀着人间？

　　只看到一片白云悠悠飘去，青枫浦牵动着数不清的忧愁。今夜哪家的游子还在小船上漂泊？今夜什么地方有人还在明月照耀的楼上思念游子？

斜月慢慢下沉入海雾里了，北边的碣石和南方的潇湘，中间隔着无限遥远的距离。今夜不知有几人能趁着月光回到家乡，只看见落月的清辉就像离情一样，洒满江边的树林。

这首诗营造了优美的意境，带着淡淡的伤感，荡漾着温馨的柔情。

诗人张若虚是扬州人，与贺知章、张旭、包融并称"吴中四士"，在史书上关于他的生平就没什么别的记载了，整个唐代也没什么人关注他。一直到几百年之后，宋代的郭茂倩编辑《乐府诗集》，才把张若虚这首《春江花月夜》收了进去，却还是没有引起什么反响。这样又过了几百年，到了明代，诗评家胡应麟撰（zhuàn）写《诗薮（sǒu）》，再次发现了这首《春江花月夜》。他夸赞这首诗流畅婉转，写得极好。之后《春江花月夜》越来越引起文坛的关注，到了清代，大学者王闿（kǎi）运极力称赞这首诗，认为张若虚"孤篇横绝，竟为大家"。真正确立《春江花月夜》诗坛地位的，是现代著名诗人闻一多，他称赞这首诗是"诗中的诗，顶峰上的顶峰"。

唐诗风格多样，各有特色，把谁排为第一都会有争议。不过，《春江花月夜》也确实有着独特的魅力，令人沉醉和迷恋。

曲江风度

望月怀远①

[唐] 张九龄

海上生明月，天涯共此时。
情人②怨遥夜③，竟夕④起相思。
灭烛怜光满⑤，披衣觉露滋。
不堪盈手赠，还寝梦佳期。

注释

① 怀远：怀念远方的亲人。
② 情人：多情的人，指作者自己；一说指亲人。
③ 遥夜：长夜。
④ 竟夕：终宵，即一整夜。
⑤ 怜光满：爱惜满屋的月光。

张九龄是韶州曲江（今广东省韶关市）人，是著名的政治家、诗人。王维、李白、杜甫、孟浩然等诗人都很敬重他。他的作品以《望月怀远》最为著名，诗是这样写的：

海上生明月，天涯共此时。

情人怨遥夜，竟夕起相思。

灭烛怜光满，披衣觉露滋。

不堪盈手赠，还寝梦佳期。

这首诗写在他被贬官之后。诗人紧紧围绕明月动笔，细腻描写了自己的心理变化，层层递进地抒发了对远方亲人的思念之情，娓

娓道来，亲切感人。除了思念之情，这首诗还借怀人作比，含蓄抒发了自己对朝廷和皇帝的惦念。其中"海上生明月，天涯共此时"这两句诗常常出现在现代元宵节和中秋节的电视晚会中，引起许多人的共鸣。

张九龄七岁就会写文章，二十多岁就中了进士。当时大都是北方人能够考中进士，他是岭南地区第一位考中进士的人，被称为"岭南进士第一人"。

后来，张九龄做了宰相。他重视农桑，关心百姓疾苦，人品高洁，正直耿介，既不趋炎附势，也不拉帮结派。当时，安禄山很会讨唐玄宗和杨贵妃的欢心，是朝廷的红人。但是，张九龄看不惯他的逢迎拍马，还断言他有谋反之心，于是就大胆地给皇帝上书，极力劝说唐玄宗及早杀掉安禄山，以绝后患。但是，唐玄宗不仅不听他的话，反而责备他"误害忠良"。随后奸臣李林甫又找了一个碴儿，设计陷害，让皇上把张九龄的宰相给罢免了。

张九龄回到老家曲江之后不久，就在郁闷中病故了。再后来，安禄山果然被张九龄说中，在范阳起兵造反。叛军来势凶猛，很快就直接威胁到了都城长安。唐玄宗只好仓皇逃出京城，去蜀中避难。在路上他忽然想起张九龄曾经力劝自己除掉安禄山的情景，特别后悔当时没有接受张九龄的建议，早点儿解决安禄山。于是，唐玄宗专门派人到曲江为张九龄扫墓，还为张九龄写了一副对联："蜀道铃声，此际念公真晚矣；曲江风度，他年卜相孰如之。"意思是说：自己非常思念张九龄，希望后来的官员们都能向他学习。古人有用籍贯来作为一个人的代称的习惯，张九龄是曲江人，所以也被称为"张曲江"。"风度"本来是形容文采出众，后来特指人的气概、度量和美好仪态。唐玄宗用"曲江风度"来形容张九龄优雅高洁的品质、远见卓识的智慧和刚正不阿的气节，是个很高的评价。

诗人排行榜

凉州词

[唐] 王 翰

葡萄美酒夜光杯①，欲②饮琵琶③马上催④。
醉卧沙场君莫笑，古来征战几人回？

注释

① 夜光杯：玉石制成的酒杯，当把美酒置于杯中，放在月光下，
杯中就会闪闪发亮，夜光杯由此而得名。
② 欲：将要。
③ 琵琶：这里指作战时用来发出号角的声音时用的。
④ 催：催人出征。也有人解作鸣奏助兴。

诗人王翰是并州晋阳（今山西省太原市）人，家庭豪富，性格
豪放，喜游乐饮酒。他二十多岁从家乡来到长安参加科举考试，没
想到一出手就大获成功，年纪轻轻就中了进士。

相传，在等待考试结果公布的日子里，王翰不肯闲着，他费尽
心思，列出了一张"国内诗人排行榜"，专等考试结果公布的那天
张贴出来，颇有点儿打擂台的意味。

王翰这个排行榜一贴出来，就立刻轰动京城，每天有成百上
千人围观，把道路都堵塞住了。在他的排行榜中，把当时数得着的
一百多位文人，按才气划分成九等，第一等里有三个人：张说、李
邕和他自己。张说是当朝宰相，李邕是有名的大才子，把他俩归入
第一等，人们心服口服，没有什么争议。可是，人们看到王翰这个

如果诗词会讲故事·唐诗篇

陌生的名字出现在第一等里，很不服气，有讽刺的，有挖苦的，一时间，王翰成了人们的笑柄。只要他在某个场合出现，就会被人们指指点点，议论纷纷，这是王翰始料未及的。他没法在京城再待下去，就打道回府，回了老家。

尽管王翰在京城受了挫折，但他这种勇敢发言的精神也受到很多人的赞扬。当时王翰老家的官员并州长史张嘉贞，就很赏识王翰，和王翰走得很近。后来张说被派来接替张嘉贞，他被王翰列在排行榜第一等，对王翰也比较了解，实在不忍心看王翰的才华被埋没，就推荐王翰担任了一个小官。后来张说升官，也逐渐提拔王翰，让他做了驾部员外郎。驾部是主管往前线输送马匹与粮草等军需物资的机构，这样一来，王翰就有机会来到边塞，他因此写出唐代较早的边塞诗，最有名的就是《凉州词》：

葡萄美酒夜光杯，欲饮琵琶马上催。

醉卧沙场君莫笑，古来征战几人回？

"凉州"在今甘肃省武威地区。"凉州词"是凉州歌的唱词，不是诗题，是盛唐时流行的一种曲调名。许多诗人都喜欢这个曲调，为它填写了不少新词，所以唐代有许多首《凉州词》。

王翰这首诗的意思是说：葡萄酒多么香醇啊，白玉杯多么晶莹，刚要开怀痛饮，马上的琵琶却在催征。即使喝醉卧倒在战场，您也不要嘲笑，自古出征的将士有几个人踏上回程？

诗人在这首诗中表现出来的不仅是豪迈、奔放的感情，而且还有视死如归、以身报国的勇气和壮志。明快流畅的语言、潇洒苍凉的动作描写，给读者带来极其强烈的心灵震撼。

通过这首诗可以看出，王翰确实是一位很有才气的诗人。当时的学者徐坚请张说评论年轻作家"文词孰贤"，张说就特意说道："王翰之文有如琼林玉斝（jiǎ），虽烂然可珍，而多有玷缺，若能箴其所阙，济其所长，亦一时之秀也。"可惜现在王翰的诗文作品大多散失了，仅有十几首传世，而真正家喻户晓的也只有这首《凉州词》。

王翰的作品在唐代很有名，同时代诗人杜华的母亲崔氏很欣赏王翰。她多次表示，愿意让自己的儿子杜华追随王翰，向王翰学习。崔氏对杜华说："吾闻孟母三迁。吾今欲卜居，使汝与王翰为邻，足矣！"意思是说：从前有个"孟母三迁"的故事，孟母就是为了给孟子找个好邻居多次搬家，我现在也想搬家，让儿子你跟王翰做邻居啊！崔氏的这段话，后来还流传成"王翰卜邻"的典故，诗人杜甫就曾写过"王翰愿卜邻"的名句。

王之涣审狗

登鹳雀楼①

[唐] 王之涣

白日②依山尽，黄河入海流。
欲穷③千里目④，更⑤上一层楼。

注释

① 鹳（guàn）雀楼：旧址在今山西省永济市，前对中条山，下临黄河。传说常有鹳雀在此停留，故有此名。
② 白日：太阳。
③ 穷：尽，使达到极点。
④ 千里目：眼界开阔。
⑤ 更：再。

王之涣是唐代绛（jiàng）州（今山西省新绛县）人，文章和诗歌写得都很好，当时的音乐家们很喜欢演唱他的作品。他比较擅长写五言诗，描写边塞风光的作品最好。现在我们最熟悉的是他的《登鹳雀楼》：

白日依山尽，黄河入海流。

欲穷千里目，更上一层楼。

鹳雀楼旧址在今山西省永济市，原有楼三层，经常有鹳雀落在上面，所以得名。鹳雀楼前望中条山，下临黄河，后被河水冲没，近些年才得以重建。

这首诗的意思是说：灿烂的夕阳贴着远山落下，汹涌的黄河向着大海奔流。想要看到千里外的美丽风景，还得向上攀登更高一层楼。这首诗描绘了雄伟壮丽的风光，反映了诗人积极向上的态度和远大的追求。前两句写的是登楼之后看到的景色，后两句表现了诗人积极进取的精神，同时也包含了"只有站得高，才能看得远"的朴素哲理。

太阳落山之后，光线昏暗，即使再登上一层楼，也看不清远处的景物。诗人却在"白日依山尽"的时候，说"欲穷千里目，更上一层楼"，这是否违反生活常识呢？"白日依山尽"的"尽"在这里是动词，不是"完了"的意思，而是指"落"的过程。当太阳将落未落的时候，登上鹳雀楼，那壮丽的美景让诗人既陶醉又迷恋，所以才有"欲穷千里目，更上一层楼"的感慨，这样写，并不违反生活常识。

王之涣本人非常理性，富有智慧。他曾任文安县（今属河北省）的县尉，当地有很多关于他的传说。其中王之涣审狗的故事，流传至今。

一天，一位妇人哭哭啼啼来找王之涣告状："昨晚，我去邻居家碾米回来，刚走进院子，就听见妹妹喊救命，我急忙向屋里跑，在门口撞上个男人慌慌张张从屋里跑出来。我想拖住他，在他背上抓了几下，结果还是被他拼命挣脱了。我心里惦记妹妹，顾不上追他，进屋一看，发现妹妹被杀了！"

王之涣问："那人长得什么样子？"

妇人说："天很黑，我没看清，只记得他长得挺高，光着上身。"

王之涣从妇人慌张的话语中，了解到她们家还养着一条大狗，就问："你那天晚上回家，听见狗叫没有？"

"没有。"

王之涣略一思索，胸有成竹地说："这条大狗是重要证人，明天我要亲自审问！"

县尉要审狗的消息，一阵风似的传遍文安县城，人们都感到很好奇。第二天一大早，来了很多看热闹的人。

王之涣见人来得差不多了，马上下令关上房门，先后把小孩、妇女、老头和个矮的小伙子放出去，只剩下十几名身材高大的小伙子。

然后，王之涣命令他们站成一排，全部脱掉上衣，一个一个地查看，最后他发现一个人的脊背上有几道红印子，就把他带走了。经过审问得知，这个人是那位妇人的邻居，果然是他杀的人。

原来，王之涣听到报案的妇人说家里有条大狗，当时又没叫，就推断凶手可能是她们家的熟人。又听妇人说她在凶手背上抓了几下，就推断出凶手的脊背上一定有抓痕。而且王之涣早就猜到，审狗的消息传出去后，凶手一定会好奇地来看热闹，所以巧妙设下了这个"圈套"。

挂在政事堂的范诗

次①北固山下

[唐]王 湾

客路②青山外，行舟绿水前。

潮平两岸阔，风正③一帆悬。

海日④生残夜⑤，江春⑥入旧年。

乡书何处达？归雁洛阳边。

注释

① 次：旅途中暂时停宿，这里是停泊的意思。

② 客路：旅途。

③ 风正：顺风。

④ 海日：海上的旭日。

⑤ 残夜：夜将尽之时。

⑥ 江春：江南的春天。

唐代诗人王湾名气不太大。不过他的一首诗，却是所有唐诗选本都少不了的，至今还是语文课本中的必学古诗。这便是《次北固山下》：

客路青山外，行舟绿水前。

潮平两岸阔，风正一帆悬。

海日生残夜，江春入旧年。

乡书何处达？归雁洛阳边。

诗中的"北固山"在今江苏省镇江市北面，三面被长江环绕。

作者描写了山清水秀的美好春天，温暖而又带着淡淡的忧伤。因为春雪融化，春水涨岸，所以江潮看起来与两岸相平，此时一帆高挂，顺风而下，显得江面更加宽阔。旭日从江海相汇处升起，春天以激越的节奏走进过去的时光。诗人触景生情，想把这份美好的心情写入家信，寄到故乡亲人的身边。全诗色彩鲜明，形象鲜活，意境优美。

明代诗评家胡应麟认为："盛唐句如'海日生残夜，江春入旧年'，中唐句如'风兼残雪起，河带断冰流'，晚唐句如'鸡声茅店月，人迹板桥霜'，皆形容景物，妙绝千古，而盛、中、晚界限斩然。故知文章关气运，非人力。"他认为王湾这两句诗和出自中唐于良史《冬日野望寄李赞府》中的"风兼残雪起，河带断冰流"、晚唐温庭筠《商山早行》中的"鸡声茅店月，人迹板桥霜"分别是各自年代的代表诗句。

王湾这两句诗因为太精彩，很快就惊动了一位文坛的大人物——张说。张说是唐代燕国公，与另一位许国公合称为"燕许大手笔"，是被唐玄宗称为"当朝师表，一代文宗"的文坛领袖。张说在文坛有着一言九鼎的分量，他不仅极力称赞王湾这两句诗，还亲手书写成了书法作品，张挂在政事堂中，"每示能文，令为楷式"，也就是让大家当作范诗来学习。

这么成功的一首诗，还留下来一个千古之谜。人们在唐代人编辑的诗选中，发现王湾这首诗还有另外的样子，题目也不是《次北固山下》，而是《江南意》，文字是这样的：

南国多新意，东行伺早天。

潮平两岸失，风正一帆悬。

海日生残夜，江春入旧年。

从来观气象，惟向此中偏。

这首诗中间两联与现在的通行版本差不多，开头和结尾则迥然不同。究竟哪一个版本才是王湾的原作，因为年代久远，资料缺失，一直也没有定论。不过，这首《江南意》无论是意境还是气象，都比不上《次北固山下》。

王湾是个少年才子，不到二十岁就考中了进士，后来担任过荥（xíng）阳主簿、洛阳尉等官职，还参与过《群书四部录》的编撰工作。再后来，历史上对他就没有什么记载了。王湾流传下来的诗仅有十首，其中最有名的就是《次北固山下》。

送别辛渐

芙蓉楼送辛渐

[唐] 王昌龄

寒雨①连江②夜入吴，平明③送客④楚山孤⑤。

洛阳亲友如相问，一片冰心⑥在玉壶⑦。

注释

① 寒雨：秋冬时节的冷雨。

② 连江：雨水与江面连成一片，形容雨很大。

③ 平明：天亮的时候。

④ 客：指作者的好友辛渐。

⑤ 孤：独自，孤单一人。

⑥ 冰心：比喻纯洁的心。

⑦ 玉壶：玉做的壶。比喻人品性高洁。

　　王昌龄和辛渐是无话不谈的好朋友，他们的性格很合得来。

　　一天，辛渐要离开润州（今江苏省镇江市）去洛阳办事，王昌龄特意在芙蓉楼为他送别。芙蓉楼原名西北楼，遗址在润州西北，登临可以俯瞰长江。他们举着酒杯，俯视着楼下滚滚东去的长江水，望望远处的楚山，心情都很惆怅。

　　王昌龄本来是一个性格豪放的诗人，他曾经因为不拘泥小节得罪了一些人，受到他们攻击，遭到很多批评甚至诽谤。所以，他虽然很有才华，却被赶出了朝廷，降职做了一个地方小官。王昌龄开朗豁达，不管是遭到无端指责，还是被无故降低官职，他都毫不在意，表现出一种坦然面对的态度。可是这次与辛渐的分别，却让他

37

有了深深的感伤，因为他觉得自己身边又少了一个知心朋友。

辛渐知道，王昌龄在洛阳有不少亲友，他们也一定听到了一些关于王昌龄的非议。辛渐便关心地问："我去洛阳，你有什么话要我带给那边的亲友吗？"

"我送你一首诗吧！"王昌龄忽然放下酒杯，吟诵了一首《芙蓉楼送辛渐》：

寒雨连江夜入吴，平明送客楚山孤。

洛阳亲友如相问，一片冰心在玉壶。

诗的意思是说：昨夜雨洒长江，吴地冷清清，今晨送别好友，楚山孤零零。洛阳亲友如果问起我的近况，就说我的心还是像玉壶里的冰心一样纯洁晶莹。

这首诗不像一般的送别诗那样抒发对友人的深深留恋，而是着重描述自己的纯洁感情和高尚人品。朋友的目的地是洛阳，那里也有诗人众多的亲人和朋友。诗人思念洛阳的亲友们，并想象他们也同样思念着自己，这种构思很精巧，显得独具一格。诗中用冰和玉壶这样两个互相映衬的比喻，来形容纯洁完美的个人品格，显示出很高的语言技巧。

辛渐听完，连连赞道："好诗！好诗！这首诗一方面为我送行，一方面表达你的心迹。洛阳的亲友们如果向我问起你，我一定转告他们，你的心，就好像玉壶里的冰一样纯净洁白，绝不会因为功名利禄和别人的指责而改变！"

　　王昌龄听到好朋友的夸奖，意犹未尽，于是就又写了一首《芙蓉楼送辛渐》：

　　　　丹阳城南秋海阴，丹阳城北楚云深。

　　　　高楼送客不能醉，寂寂寒江明月心。

　　这首诗描写晚上为辛渐饯别时的情景，融情入景。辛渐把两首诗小心收好，和王昌龄互道珍重，登上江边的泊船，扬帆远去了。

　　辛渐究竟是个什么样的人，历史上并没有详细记载。但是因为王昌龄的这两首诗，后人都记住了辛渐这个人。不管生平如何，他的名字永远响亮，因为他是"王昌龄的朋友"。

从军行七首·其四

[唐] 王昌龄

青海长云①暗雪山，孤城②遥望玉门关③。

黄沙百战穿金甲，不破楼兰终不还。

注释

① 长云：层层浓云。

② 孤城：即边塞古城。

③ 玉门关：汉置边关名，在今甘肃省敦煌市西。

《从军行七首·其四》是诗人王昌龄的名作。这个题目本是乐府诗《相和歌辞·平调曲》旧题，多写军人的征战生活。

"青海"即今青海湖。"长云"的意思是多云，漫天皆云。"雪山"是终年积雪的山，这里指祁连山。"孤城"是孤零零的戍边的

城堡，这里指玉门关地区地广人稀，周围没有别的城堡关塞，所以称作孤城。"穿"就是磨破。"金甲"是金属制成的铠甲。"破楼兰"指彻底消灭敌人。"楼兰"在这首诗中泛指当时侵扰西北地区的敌人。

全诗的意思是说：青海湖连绵的乌云遮暗了雪山，远远遥望那孤零零的玉门雄关。将士们在黄沙疆场上身经百战磨穿了铁甲，不彻底消灭敌人誓不返回家园！

这首诗描写了西北边境的苍茫景色，表达了边塞将士渴望报国立功的豪迈气概。笔调悲壮豪迈，境界辽阔宏大，铿锵（kēng qiāng）有力，掷地有声。"黄沙百战穿金甲"是概括力极强的名句，通过这句诗可以体会到将士们驻守边疆的时间漫长、边疆战争的频繁与艰苦、敌军的凶狠、边塞环境的荒凉等多层含义。

王昌龄是盛唐诗坛的著名诗人，被称为"诗家夫子"。可是，因为他正直刚烈，不肯逢迎拍马，所以当官很不走运，总是被贬来贬去的。有时候被贬到岭南，有时候又被贬到塞北。

有一回，他刚由岭南返回长安，被任命当了一个小官，不久就又受到权贵的诽谤，被贬到龙标（今湖南省怀化市黔阳县）去当县尉。龙标那个地方当时很荒凉，诗人李白等好朋友们都很牵挂他，痛心他的遭遇，担心他的安危。李白当时在距龙标非常远的一个地方，听说了这个消息，非常着急，于是就写了一首《闻王昌龄左迁龙标遥有此寄》寄给王昌龄：

杨花落尽子规啼，闻道龙标过五溪。

我寄愁心与明月，随君直到夜郎西。

李白无法去当面安慰好朋友，只好把对王昌龄的思念托付给明月，让月光陪伴王昌龄踏上那遥远的旅程。

王昌龄到了龙标不久，安史之乱就爆发了，到处打仗，社会乱得不得了。后来他就离开龙标，想要返回家乡。当他走到亳（bó）州境内时，刺史闾丘晓竟然下令把他杀害了。

王昌龄被害的消息传开后，很多人都很惋惜和愤怒。后来张镐率军与叛军作战，命令闾丘晓派兵增援，可是闾丘晓却拖延时间，违犯了军令，被判处死刑。死到临头，闾丘晓苦苦哀求张镐，说家里还有老人需要供养，希望能够饶恕他。张镐冷冷地看了他一眼，只是慢慢地问了他一句话："王昌龄的家人应该由谁供养呢？"闾丘晓听后不再说话，就这样被处死了。

画中巨石

鹿 柴

[唐] 王 维

空山不见人，但① 闻人语响。
返景② 入深林，复③ 照青苔上。

注释

① 但：只。
② 返景：同"返影"，太阳将落时通过云彩反射的阳光。
③ 复：又。

王维不仅是唐代著名的诗人，还是著名的画家，而且精通音乐，是一个多才多艺的人。宋代的诗人苏轼非常欣赏王维的才华，称赞他"诗中有画，画中有诗"。我们来看他的这首《鹿柴（zhài）》：

空山不见人，但闻人语响。

返景入深林，复照青苔上。

"鹿柴"是个地名。"柴"，通"寨"，指有篱落的乡村别墅。这首诗的意思是说：空旷的深山看不到人，只听见人说话的声音。斜阳反射进幽深密林，又回照到青青的苔痕上。

诗里描绘的是傍晚时空山深林中的幽静景色，既写出了山林的清幽，又写出了静美和生机。全诗语言凝练精美，生动形象，营造出一种宁静祥和的意境，体现了诗人超脱的心态和恬淡的心情。

这首诗是写林中的幽静，为什么还要写到人语？诗里描写了林

中的昏暗，为什么还要写到夕阳的光线？其实，诗人采用的是以闹衬静和以光衬暗的写作手法。当一小缕阳光斜射进深林，那一小片光影和周围的幽暗构成强烈的对比，反而更突出了深林的幽暗。同样，用人语来衬托空山的幽静，也使空山的幽静更显静谧了。既是诗人又是画家还是音乐家的王维，其诗作特点是非常鲜明的。这首诗其实就像一幅静物画，清幽深邃，充满立体感。

据记载，王维观察生活非常仔细。有一次，他见到别人画的一幅《奏乐图》，看了一会儿不觉发笑。人家问他为什么发笑，王维指着画说："这幅画画的是《霓裳羽衣曲》的第三叠第一拍。"有人不信，就把乐工们叫来验证，演奏到《霓裳羽衣曲》的第三叠第一拍时，乐工们的姿势果然和画上一模一样。

王维的画作以山水著名，他还善于画人物。有一回，他画了一幅《巨石图》送给岐王李范。岐王特别喜爱，一有时间就把这幅画拿出来仔细观赏。岐王每次赏画，都觉得自己有种恍恍惚惚的感觉，好像自己也进入画中一样。

如果诗词会讲故事·唐诗篇

一天，岐王又站在画前观看，窗外突然电闪雷鸣，刮起了大风，接着又下起大雨。"刚才还晴朗的天气，怎么说变就变？"岐王话还没说完，就见一块大石头从他的房间里飞了出去。"房间里哪儿来的石头？"岐王赶紧在屋中四处查找，发现竟然是画上的巨石飞走了。过了很多年，高丽国派了一位使臣到大唐，送来一块大石头，说是很多年前的一天，一块巨石从空中飞来，掉落在他们那里。他们往石头上一看，发现上面有王维的题字，这才知道是从大唐飞来的巨石。

这个故事当不得真，但是从这个故事中我们不难知道，王维的画确实十分形象逼真，受到很多人的喜爱。

大漠孤烟直

使^①至塞上

[唐] 王维

单车^②欲问边^③，属国过居延。

征蓬^④出汉塞，归雁入胡天^⑤。

大漠孤烟直，长河落日圆。

萧关逢候骑^⑥，都护在燕然。

注释

① 使：出使。

② 单车：一辆车，车辆少，这里形容轻车简从。

③ 问边：到边塞去察看，指慰问守卫边疆的官兵。

④ 征蓬：随风飘飞的蓬草，此处为诗人自喻。

⑤ 胡天：胡人的领空。这里是指唐军占领的北方地区。

⑥ 候骑：骑马的侦察兵。

王维为官的时候，有一年，他接到任命，以监察御史的身份，到西北的边关去察访军情。

走出阳关，就是一片看不见头、望不到边的大沙漠。天色已傍晚，王维走累了，坐在地上休息。随从忙着在不远处生火做饭。炊烟直升到天空中，给寂寥（liáo）的大沙漠增添了一些人间烟火的温馨。

彩霞满天，绚丽极了。夕阳像一个红彤彤的大火球，挂在遥远的地平线上，十分壮观、美丽。王维陶醉了，随口吟出两句诗："大漠孤烟直，长河落日圆。"这两句诗没有什么修饰词，只用了两个非常平常的字眼"直"和"圆"，就贴切形象地描绘了一幅非常生动的大漠夕阳画面。

王维问随从："我们走到什么地方了？"

随从回答说："刚过的是居延城。"

王维点点头，慢慢沉吟着，在那两句诗的基础上，写成了一首五律《使至塞上》：

单车欲问边，属国过居延。

征蓬出汉塞，归雁入胡天。

大漠孤烟直，长河落日圆。

萧关逢候骑，都护在燕然。

"属国"是官名"典属国"的简称，这里代指诗人使者的身份。"居延"是地名，在今内蒙古额济纳旗北境。"长河"即黄河。"萧关"是古关名，又名陇山关，故址在今宁夏固原东南。"都护"是官名，这里指前方主帅。"燕然"是古山名，即今蒙古国杭爱山，这里代指前线。

这首诗记述了诗人奉命赴边疆慰问将士途中的经历，描写了动人心魄的大漠风光，全诗气象雄奇，境界壮丽，情调激昂。前两联所描写的苍凉孤寂，更衬托出后两联的壮阔豪迈。

烟怎么能是直的呢？太阳本来就是圆的吧？《红楼梦》中的香菱就说："这'直'字似无理，'圆'字似太俗。合上书一想，倒像是见了这景的。若说再找两个字换这两个，竟再找不出两个字来。"这就是王维诗的好处，难怪近代大学者王国维称赞这两句诗是"千古壮观"了。

树枝上有荷花吗

辛夷坞

[唐]王 维

木末芙蓉花①，山中发红萼。
涧户②寂无人，纷纷开且③落。

注释

① 木末芙蓉花：指辛夷。辛夷花有紫白二色，白色名"玉兰"，紫色的形与色都似莲花。
② 涧（jiàn）户：一说指洞边人家；一说山涧两崖相向，状如门户。
③ 且：又。

在陕西省蓝田县的辋川，有一个充满诗情画意的辛夷坞。"辛夷"就是玉兰花，"坞"就是四面高丘围起来的一小块低地。这是一处安静而又寂寞的风景。

一棵棵美丽的辛夷树，恬静地生长在这里。树梢上的辛夷花，刚刚长出殷红的花萼，就像一支支尖尖的木笔，深情地挥洒出一曲曲春天的赞歌。山涧边上杳（yǎo）无人迹，辛夷花们自顾自地纷纷盛开，又纷纷飘落。时间的脚步在辛夷坞这个隐秘的角落里慢了下来，等待着诗人王维的到来。终于，他来了，带着历经风雨之后的淡泊，也带着倦于朝政的散淡。

辋川山谷是一条又狭又长的峡谷，峡谷的两侧是肃立的秦岭支脉，辋川水在其中悠悠流淌。王维四十多岁的时候，购买了诗人宋之问在辋川山谷留下来的一座庄园，经过改造，建成了著名的辋川别业，并划分为孟城坳（ào）、华子冈、文杏馆、斤竹岭、鹿柴、木兰柴、茱萸泮（pàn）、宫槐陌、临湖亭、南垞（chá）、欹（qī）湖、柳浪、栾家濑、金屑泉、白石滩、北垞、竹里馆、漆园、椒园等区域。其中就包括辛夷坞。王维在辛夷坞漫步，在辛夷树下沉思，静静地从花开看到花谢，轻轻吟诵出这首流传千古的名篇《辛夷坞》：

> 木末芙蓉花，山中发红萼。
>
> 涧户寂无人，纷纷开且落。

王维在四句诗里，细致地描写出了辛夷花从花开到花谢的完整过程，其中有淡淡的清寂，也有静静的美好，显露了一片勃勃的生机，却又暗含着一缕淡淡的惆怅。诗的前两句写春天的灿烂和蓬勃，一个"发"字，用得饱满而有力，让我们感受到花朵在使劲儿开放时的蓬勃和亢奋。诗的后两句笔锋一转，写春天的寂静和散淡。一个"且"字，联结花开到花落的时间跨度，彰显了诗人极强的概括力。王维并没有选用"谢"字描写花的凋谢，而是用了一个"落"字，这就巧妙地把平面化的景致变得立体化，更加增添了诗篇的纵深感。

苏轼说王维"诗中有画，画中有诗"。这首《辛夷坞》就宛如一幅优美的国画。本来花开花谢是一个动态的过程，可是王维巧妙地把美丽的意象组合集中到一个静态的画面里。看似一路漫不经心地淡然描写，没有一句进行直接抒情和议论，却又在随手描绘的鲜明形象中，隐约寄寓了枯寂淡远、疏旷明澈的感伤和寂寞。

写这首诗的时候，王维已年近半百，朝廷里的纷争很复杂，社会上的矛盾也很尖锐。他不喜欢这些红尘纷扰，心里喜欢的是幽静优美的自然风光，向往的是高尚纯洁的艺术境界。花的寂寞开谢，暗示了王维内心的沉郁和烦闷。默默无语的辛夷花，陪着王维静静吐露着内心的苦涩和纠结。

《辛夷坞》有一种平淡的氛围，一种亲切的节奏，一种淳朴的禅意。透过漫漫光阴，仿佛还能听到王维这位"性好温洁"甚至有点儿小洁癖的诗人，在辛夷花旁发出的那一声轻轻的、透明的叹息……

一千多年后，1990年诺贝尔文学奖的得主、墨西哥诗人奥克塔维奥·帕斯读到这首《辛夷坞》，非常喜欢，就把它翻译成了外语。不过，他只知道芙蓉花是荷花的别名，却不知道木末芙蓉花是另一种植物，就把"木末芙蓉花"翻译成了"树枝上盛开着荷花"。我国一位翻译家笑着问他："树枝上有盛开的荷花吗？"帕斯弄明白这是两种不同的植物后，就笑着说："咳，我还以为这是中国古代诗人的奇异幻想，是超现实主义作品呢！"

哑诗人和凝碧诗

菩提寺禁①裴迪来相看说逆贼等凝碧池上作音乐供奉人等举声便一时泪下私成口号诵示裴迪

[唐] 王 维

万户②伤心生野烟③，百僚何日更朝天④。

秋槐叶落空宫⑤里，凝碧池头奏管弦。

注释

① 菩提寺禁：指作者被安禄山拘于菩提寺中。

② 万户：万家，万室。

③ 野烟：指荒僻处的霭霭雾气。

④ 朝天：朝见天子。

⑤ 空宫：深宫，冷宫。

安禄山发动叛乱，攻占了唐朝的都城长安。唐玄宗带人撤离了，但诗人王维没来得及逃走，结果被安禄山的叛军抓住了。

"怎么样才能躲过叛军的审问呢？"王维想了好久。终于，他想出了一个好主意，因为懂一点儿医术，所以他为自己准备了一些"哑药"，吃下去就暂时失去了声音，变成了一个"哑巴"。这样，叛军问他什么，他都是呜呜哇哇，什么也说不清楚，那些人拿他也没什么办法。

不久，叛军把抓来的人一齐带到洛阳。安禄山过去就认识王维，对他的才华很欣赏，王维这位"哑诗人"再也无法伪装下去了，只好和安禄山顾左右而言他。安禄山也没有怎么难为他，只是把他软

如果诗词会讲故事·唐诗篇

禁在菩提寺里，逼他投靠自己，让他担任自己建立的伪朝的官职。

过了几天，安禄山把皇帝御库中的宝贝全都陈列出来，在凝碧池举行了一个盛大的庆功宴，用刀枪逼迫唐朝的官员还有乐师们参加，而且还要求他们为自己献诗、奏乐。有一些官员贪生怕死，甘愿为安禄山效劳，王维则找个托词，推托了这场宴会。

唐朝的宫廷乐师们很有气节，一个个悲愤不已，向着唐玄宗撤离的方向跪拜着痛哭起来。其中有个乐师叫雷海青，性格更是非常刚烈。他当面大骂了安禄山一顿，并高高举起乐器，狠狠地摔在地上，把乐器摔坏了，然后高喊："坚决不给叛贼奏乐！"安禄山非常生气，差一点儿就从座位上跳起来。他当场下令，把雷海青处死。

过了几天，王维的好友裴迪来看望他，和王维说起雷海青的事情，王维悲痛万分，于是写了两首诗来抒发亡国的悲哀，表达对朝廷的思念。一首诗是五言绝句，另一首诗是七言绝句。七言诗是这样写的：

万户伤心生野烟，百僚何日更朝天。

秋槐叶落空宫里，凝碧池头奏管弦。

这首诗用"秋槐叶落"暗示叛贼不会长久，用"百僚何日更朝天"表达了对唐朝天子的思念。前三句写不幸的遭遇，第四句写安禄山叛军的狂欢，两相对照，实录了动乱时代的苦难呻吟。

后来，朝廷平定叛乱，皇帝重新回到长安。皇帝下令，所有投降过安禄山的官员一律予以处罚，罪行被分为六等。王维被关进牢房，被定为第三等罪，据说也要杀头。王维的弟弟当时做刑部侍郎，相当于现在最高法院里的副院长。他跟随皇帝逃难时立过功，就提出用自己的功劳来为哥哥王维赎罪，还把这两首诗呈给皇帝看。皇帝读到"万户伤心生野烟，百僚何日更朝天"这两句，心里很感动，觉得王维并没有忘记朝廷。于是，又专门把裴迪叫来做证，裴迪证明这两首诗确实是王维那天写的，当时还亲口吟诵给自己听。

因此，王维虽然也被叛贼俘虏过，但是凭着这两首"凝碧诗"，尤其是凭着"百僚何日更朝天"一句，得到皇帝的特别宽恕，被免去处罚。知道这个消息之后，王维非常高兴，又写了一首诗表达自己喜悦的心情，其中有几句是这样写的：

日比皇明犹自暗，天齐圣寿未云多。

花迎喜气皆知笑，鸟识欢心亦解歌。

过黄鹤楼

黄鹤楼

[唐] 崔 颢

昔人已乘黄鹤去，此地空余黄鹤楼。

黄鹤一去不复返，白云千载空①悠悠②。

晴川③历历④汉阳树，芳草萋萋⑤鹦鹉洲。

日暮乡关⑥何处是，烟波江上使人愁。

注释

① 空：深、大的意思。
② 悠悠：飘荡的样子。
③ 晴川：晴日里的原野。
④ 历历：清楚可数。
⑤ 萋萋：形容草木长得茂盛。
⑥ 乡关：故乡。

一天，诗人李白到黄鹤楼（今位于湖北省武汉市）游览。他在楼上向远处眺望，蓝蓝的天空下，明亮的阳光静静地洒在长江上，江水泛着金色的波光。在汉阳（今属湖北省武汉市）城外，树木长得十分茂盛。而在汉阳城西南，浮在长江中的鹦鹉洲上长满了绿油油的小草，五颜六色的鲜花在草地上争先恐后地盛开，到处是一派生机勃勃的景象，多么美好的风光啊！

美景激发了李白写诗的豪情。他立刻拿过笔，挽了挽袖子，就要在黄鹤楼的墙壁上题诗。正在这时，他忽然看到墙壁上有另一位名叫崔颢（hào）的诗人已经题写的《黄鹤楼》：

> 昔人已乘黄鹤去，此地空余黄鹤楼。
>
> 黄鹤一去不复返，白云千载空悠悠。
>
> 晴川历历汉阳树，芳草萋萋鹦鹉洲。
>
> 日暮乡关何处是，烟波江上使人愁。

崔颢比李白小三岁，是唐玄宗开元年间的进士，曾担任司勋员外郎等官职。

崔颢的这首诗，提到了黄鹤楼的传说。传说，有位姓辛的老人在蛇山上开了家酒店，仙人吕洞宾变成一个普通道士，天天来买酒，但是不买下酒菜，只是用随身带的水果下酒。老人以为他买不起下酒菜，一定是个贫苦人，就特别照顾他，经常不收他的酒钱。后来吕洞宾用橘子皮剪了一只黄鹤贴在酒店的墙上，告诉老人自己要走了，就用这只黄鹤来报答他吧。老人发现，只要店里来喝酒的客人一拍手，壁上的黄鹤就会下来舞蹈。消息传开，很多人都想来试一试，酒店的生意越来越好。老人就用赚来的钱建了一座楼来纪念吕洞宾，这就是黄鹤楼的来历。过了很多年，吕洞宾重回蛇山，老人向他再三道谢。吕洞宾微微一笑，说了声："缘分到了，缘分满了。"随后抽出腰间铁笛吹了起来，这时那只黄鹤立刻从墙上飞了下来，随着笛曲翩翩起舞。一曲终了，吕洞宾骑上黄鹤，飘然而去。

李白在崔颢的诗前久久伫立，反复读了好几遍，钦佩地连声称赞："气韵贯通，高古清逸，好诗！好诗！"他觉得这首诗把他看到的美景全都描写了，把自己想要表达的意思也全都表达了。于是，李白决定不再题写关于黄鹤楼的诗句，只是在崔颢诗的手迹后面，工工整整地写上了这样两句话："眼前有景道不得，崔颢题诗在上头。"

崔颢的《黄鹤楼》的确写得不错，由于李白的称赞，名气就更大了。现在人们到黄鹤楼去，还是经常会想到这首诗。宋代的诗评家严羽把崔颢的这首《黄鹤楼》评为"唐人七律第一"。

太白酒家

望天门山

[唐]李 白

天门中断①楚江开，碧水东流至此回②。
两岸青山相对出③，孤帆一片日边来④。

注释

① 中断：江水从中间隔断两山。
② 至此回：意为东流的江水在这转向北流。回：回旋，回转。
③ 出：突出，出现。
④ 日边来：指孤舟从天水相接处的远方驶来，远远望去，仿佛来自日边。

大诗人李白特别喜欢喝酒。相传，有一年他住在宣城，经常到当地一位鲁财主开的酒店去买酒。可鲁财主为了多赚钱，往酒里掺的水越来越多，李白一气之下，就到另外一家酒店去了。

这家的店主叫纪叟（sǒu），是一个热情善良的好人。他见李白来了，非常高兴，吩咐店小二端出自己酿造的上好"老春酒"来招待李白。然后，他就坐在李白身边与他聊天。李白酒足饭饱以后，望着眼前向东滚滚流去的江水，还有远处朦朦胧胧的天门山，不禁诗兴大发，提笔写了一首《望天门山》：

天门中断楚江开，碧水东流至此回。

两岸青山相对出，孤帆一片日边来。

天门山分立在长江两侧，像一座大门一样，地势非常险要。"楚

如果诗词会讲故事·唐诗篇

江"指长江。诗的意思是说：长江从中间"撞"开天门，碧水东流到这里向北转弯。青山巍峨，在两岸相对耸立，一叶小船像从日边驶来。

这首诗准确、形象地描写了天门山一带的壮丽景色，表现了长江浩荡奔腾的气势和天门山隔江对立的雄姿，体现了诗人开阔的视野和不凡的胸襟，抒发了对大好河山的热爱和赞美。

纪叟读了李白这首诗，又听了李白的讲解，非常高兴，就把李白的这首诗高高地挂在了自己的酒店里。此后，过路人便一传十、十传百，好多人都知道李白给这家酒店题了诗，所以无论谁走过这里，都要停下来看一看，读一读。这时候，纪叟总是自豪地告诉人们："这是李白喝了我酿的酒之后才写出来的好诗呀！"后来，他就干脆给自己的酒店改名叫"太白酒家"。这样，过路的人就都到纪叟的"太白酒家"来饮酒赏诗，酒店的生意十分兴隆。

鲁财主正在为来他家酒店的人越来越少而发愁，听说了这件事，赶紧带着两坛子美酒去向李白求诗："我想请你也给我写一首诗，我一定好好挂在酒店门前！"李白听了，微微一笑，对鲁财主拱拱手说："对不起，写诗还是免了吧！"

鲁财主没有办法，灰溜溜地回家了，不久，他的酒店就因为没有人光顾而关门了。而纪叟的太白酒家因为货真价实，热情好客，生意越来越好。

可是，一年以后，纪叟不幸病故了。李白非常悲痛，一连哭了三天三夜，并且写了一首悼念纪叟的诗：

纪叟黄泉里，还应酿老春。

夜台无晓日，沽酒与何人？

意思是说：纪叟到了阴间，还是做他的老本行——酿造老春酒吧？可阴间没有我李白，你的酒卖给哪一位呢？

两个好朋友

黄鹤楼送孟浩然之①广陵②

[唐]李白

故人西辞③黄鹤楼，烟花④三月下⑤扬州。

孤帆远影碧空尽⑥，唯见长江天际流⑦。

注释

①之：往；到……去。

②广陵：即扬州。

③辞：辞别。

④烟花：形容柳絮如烟、鲜花似锦的春天景物，指艳丽的春景。

⑤下：顺流向下而行。

⑥碧空尽：消失在碧蓝的天际。

⑦天际流：流向天边。

有一年冬天，李白专程前往鹿门山拜访孟浩然。那时李白大概二十八岁，而孟浩然四十岁左右。李白当时诗名尚小，而孟浩然名声已经很大了。他们两人性格相投，初次见面便如同兄弟一般。孟浩然并没有因为自己已经很有名而摆架子，他跟李白一起白天游历名山风景，夜晚饮酒作诗，玩得非常愉快。

李白在孟浩然这里住了一段时间，通过孟浩然又结交了不少朋友。第二年春天，孟浩然又和李白相约在江夏（今湖北省武汉市）见面，一起游历了一个多月。随后，孟浩然要去广陵办事，他们就在黄鹤楼告别。

孟浩然登上小船，顺着长江水向东而去。李白站在岸边，凝视着他的小船渐渐远去，写下《黄鹤楼送孟浩然之广陵》：

故人西辞黄鹤楼，烟花三月下扬州。

孤帆远影碧空尽，唯见长江天际流。

全诗是说：老朋友辞别黄鹤楼向东而去，在明媚三月去游览扬州。一片白帆消失在水天相接处，只看见长江水在天边奔流。

诗的前两句点明送别的地点、时间和朋友要去的地方；后两句描绘了长江的壮丽景象，抒发了自己对朋友的惜别之情。诗人巧妙地将情感寄托在对江水的凝视中，把情与景交融在一起描写，让读者感到余味无穷。

李白把孟浩然送上船，并没有马上离开。从"孤帆远影碧空尽"这句诗可以看出，他一直在岸边望着孟浩然的帆影，一直看到帆影逐渐模糊，消失在碧空的尽头。

孟浩然走了之后，收到李白寄来的这首赠诗，非常感动。又过了几年，李白已经写出了不少好作品，孟浩然就向荆州长史韩朝宗推荐李白。李白给韩朝宗写了一封求见信，叫《与韩荆州书》，托孟浩然送过去。韩朝宗看完了求见信，对孟浩然说："李白才气冲天，我的池塘太小，恐怕大唐天子的龙池也不够他转身呢！"虽然有孟浩然的推荐，但韩朝宗并没有给李白帮忙。李白怀才不遇，在回家的途中，写下了《春日归山寄孟浩然》，表达自己对孟浩然的思念。

韩朝宗不肯收留李白，却想推荐孟浩然去朝廷当官，但孟浩然拒绝了。李白对孟浩然恬淡的性格十分推崇，当即又写了一首《赠孟浩然》表达自己的钦佩：

吾爱孟夫子，风流天下闻。

红颜弃轩冕，白首卧松云。

醉月频中圣，迷花不事君。

高山安可仰，徒此揖清芬。

这首诗描绘了孟浩然风流洒脱、热爱大自然的形象，同时也表明李白自己和孟浩然在品格和追求上是一致的。

唐代的王维和孟浩然被称为山水田园诗派的两大代表诗人，李白和王维虽然曾经同朝为官，一生却基本没有什么来往。李白与孟浩然却结下了深厚的友谊，而且保持了好多年。

醉写吓蛮书

清平调三首·其一

[唐] 李 白

云想衣裳花想容①，春风拂槛露华浓②。

若非群玉山头见，会向瑶台月下逢。③

注释

① "云想"句：见云之灿烂想其衣之华艳，见花之艳丽想美人之容貌照人。实际上是以云喻衣，以花喻人。

② 露华浓：牡丹花沾着晶莹的露珠更显得颜色艳丽。

③ "若非……会向……"：相当于"不是……就是……"的意思。

传说李白进京，因为没有给奸臣杨国忠和高力士送礼，被他们讥讽。杨国忠说："李白只配给我捧砚磨墨！"高力士说："李白只配给我脱靴！"李白知道了，非常生气。

就在这时，番邦的使者来到长安，给唐玄宗送来一份国书。国书上写的全是些鸟兽一样的番邦文字，朝廷里的人都看不懂。唐玄宗大怒，说："这封信认不出来，怎么给人家回话？番使回去，一定会嘲笑我们大唐没有人才！"

翰林学士贺知章回到家中，长吁（xū）短叹，把这件事告诉了在他家中借住的李白。李白说："我懂番文。"贺知章惊喜万分，立即向唐玄宗汇报。唐玄宗重重赏赐了李白，让他穿上紫袍，扎上金带，在金銮殿上朗读番书，然后再翻译出来。李白读罢，大家这才知道，原来这是番邦的一封宣战信，信中要求唐朝割让土地和城池，如果不答应，就发兵来打。

"这可怎么办呢？"唐玄宗问文武百官。贺知章说："如今多年不遇战事，既没有良将，也没有精兵，如果打起仗来，很难说能不能取胜。"

唐玄宗说："那我们该如何回复番使呢？"贺知章指着李白说："还是问他吧。"

李白侃侃而谈："皇上尽管放心，明天召见番使，我写一封吓蛮书，也用鸟兽一般的番文。一定让他们知道我们大唐的威严，不敢来犯。"那时，番邦的人被称为"蛮"，"吓蛮书"也就是威吓（hè）番邦的书信。

唐玄宗立刻封李白为翰林学士，还在金銮殿上请他喝酒。李白喝得大醉，第二天上朝酒劲还没过去。这时他想起被杨国忠和高力士羞辱的情景，上奏唐玄宗，要求高力士为他脱靴、杨国忠为他捧砚磨墨。

唐玄宗立即批准。李白神清气爽，大笔一挥，不一会儿就写好了吓蛮书，献到唐玄宗面前。唐玄宗看见上面龙飞凤舞，却一字不识，心中暗暗吃惊，就让李白直接宣读。李白走到番邦使者的面前，大声地念了起来。

番使一听，大吃一惊，脸上的冷汗唰唰地往下掉，再也不敢提让唐朝割让土地的事情，灰溜溜地逃走了。唐玄宗对李白大大称赞了一番，请他做了翰林院的供奉。

之后有一天，唐玄宗和杨贵妃在宫中沉香亭畔观赏牡丹花，宫廷艺人们正准备表演歌舞，唐玄宗忽然说道："赏名花，对妃子，岂可用旧日乐词。"于是，紧急召唤李白进宫来写新词。李白来了之后，说声："这有何难？"当即写了三首《清平调》：

云想衣裳花想容，春风拂槛露华浓。

若非群玉山头见，会向瑶台月下逢。

一枝红艳露凝香，云雨巫山枉断肠。

借问汉宫谁得似？可怜飞燕倚新妆。

名花倾国两相欢，长得君王带笑看。

解释春风无限恨，沉香亭北倚阑干。

李白这三首诗歌颂了杨贵妃的美貌，可是因为在写吓蛮书时得罪了高力士和杨国忠，高力士就给杨贵妃打小报告，说李白这三首诗是讽刺杨贵妃的，杨国忠也在一旁煽风点火，最后杨贵妃就哭哭啼啼地向唐玄宗告了李白一状。唐玄宗相信了杨贵妃和杨国忠、高力士说的坏话，就把李白从翰林院赶了出去。

李白免罪

早发①白帝城②

[唐]李白

朝辞白帝彩云间③，千里江陵一日还。
两岸猿声啼不住，轻舟已过万重山④。

注释

① 发：启程。
② 白帝城：故址在今重庆市奉节县白帝山上。
③ 彩云间：因白帝城在白帝山上，地势高耸，从山下江中仰望，仿佛耸入云间。
④ 万重山：层层叠叠的山，形容有许多山。

在巴蜀的高山峻岭之中，有一条弯弯曲曲的山路。几个被流放到夜郎(在今贵州省遵义市一带)去的囚犯，在山路上艰难地跋涉着。其中有个白发飘飘、面容清瘦的老人，就是李白。

李白为什么成了囚犯？他犯了什么罪呢？说起来，李白也实在是倒霉。

安史之乱爆发之后，唐玄宗的第十六个儿子永王到处招兵买马，积极打造兵器，准备和发动叛乱的安禄山军队决一死战。这时候，永王听说很有才华的李白住在江西庐山，就一次次派人带着重礼去拜访，请李白下山。

李白本来就有报国的热情，再加上永王的盛情邀请，于是就加

67

入了永王的队伍。当时，他还豪情满怀地写下了《永王东巡歌》等诗，表示要手握宝剑，英勇杀敌，斩杀逆贼安禄山，报效国家。

后来，永王的哥哥当了皇帝，他害怕永王跟他争夺皇位，就说永王要谋反，派兵攻打永王的军队，把永王杀了。永王手下的许多人也都受到牵连。李白加入过永王的军队，虽然很多朋友为他求情，最终保住了他的命，但他仍然被判决"流放夜郎"。

李白历经千难万险，一路颠簸，来到了地势险峻的白帝城。这时，突然传来一道圣旨，李白被免了罪，也就是说，他可以不用去夜郎了。李白心里很高兴，于是写出了千古传诵的《早发白帝城》：

如果诗词会讲故事·唐诗篇

朝辞白帝彩云间，千里江陵一日还。

两岸猿声啼不住，轻舟已过万重山。

"白帝"就是白帝城，在重庆市奉节县东白帝山上。东汉末年的时候，有个叫公孙述的人占据了这里，自称白帝，所以这里叫白帝城。相传，白帝城距江陵（今湖北省江陵县）有一千二百里（实际七百余里），中间要经过地势险要的三峡。

整首诗的意思是说：清晨告别彩云缭绕的白帝城，傍晚就到达千里外的江陵。两岸猿啼在耳边连绵不断，轻快小舟已飞过万重青山。

这首诗描写了长江三峡水流的奇险湍急，以及船行如飞的情景，表达了诗人喜悦欢快的心情。"千里"和"一日"，用空间的"远"与时间的"短"作对比，表现了江流的快，也表现了小船的轻。诗人还在"舟"字前添加了一个"轻"字，并用猿叫声和万重山做衬托，进一步表现了船行速度的飞快。

李白捉月

古朗月行（节选）

[唐] 李 白

小时不识月，呼作①白玉盘②。

又疑③瑶台镜，飞在青云端。

仙人垂两足，桂树何团团。

白兔捣药成，问言与谁餐？

注释

①呼作：称为。

②白玉盘：指晶莹剔透的白盘子。

③疑：怀疑。

李白从小就很喜爱月亮，他曾经写过好多关于月亮的诗，如选进小学语文课本中的《古朗月行》。

"朗月行"是古代乐府的一个诗题，李白采用这个题目作诗，所以称《古朗月行》。"瑶台"是传说中神仙居住的地方。"团团"就是圆圆的，这里指枝叶茂盛。"白兔捣药"是一个神话传说，说是月中有玉兔用白玉杵（chǔ）捣制长生不老药。

这首诗的意思是说：小时候还不认识月亮，把它称作白玉盘。又猜想是瑶台的明镜，飞到了青黛色的云端。仙人垂着双脚多悠闲，桂树茂盛枝叶繁。白兔捣制成的长生药，到底又是给谁吃的呢？这八句诗写出了儿童时期对月亮的天真想象，然后又借用古代神话，按时间顺序描写月亮的升起过程。古代传说月中有仙人、桂树、白兔。当月亮初升的时候，先看见仙人的两只脚，随后逐渐看见仙人的全身和桂树，最后看见白兔捣药的情景。诗人根据这些传说，展开美丽神奇的想象，描写了月亮给人们带来的各种美好的感觉，表达了对月亮的喜爱和赞美。

相传，李白六十一岁的时候，住在安徽的采石矶。有一天晚上，他独自喝酒，不知不觉中喝多了。在醉意朦胧中，李白兴致勃勃地翻出当年在宫中穿过的锦袍绣服，他穿在身上，然后提着酒壶来到江边。他见岸边停着一只钓鱼的小船，就登了上去。随后，他在船上坐好，摆上酒壶，拿出酒杯，左一杯右一杯，又接着喝了起来。

李白越喝越高兴，越喝越兴奋，他眯缝着醉眼望向远处，看见一轮圆圆的月亮静静地待在水中，那么皎洁，那么美丽。他摇摇脑袋，揉揉眼睛，再仔细看，看到水里的月亮仿佛还对着自己点头微笑呢！他放下酒杯，把船划到月亮旁边，趴在船头，用双手去捞月亮，不料身体往前一栽，不小心翻到了江中。

紧接着，就听"轰隆"一声巨响，一头大白鲸驮着李白从江水中跃了出来。只见李白骑在鲸鱼背上，双手紧紧抓住鲸鳍。大白鲸好像知道李白喜欢月亮，径直向天上的月亮飞去了。

当然，这只是一个美丽的传说，不可能是真事，但在采石矶，后来还因此出现不少名胜。不仅有李白墓，还有谪仙楼、捉月亭等，吸引了很多人到这里来游览。有些附庸风雅的游人，更是在李白墓

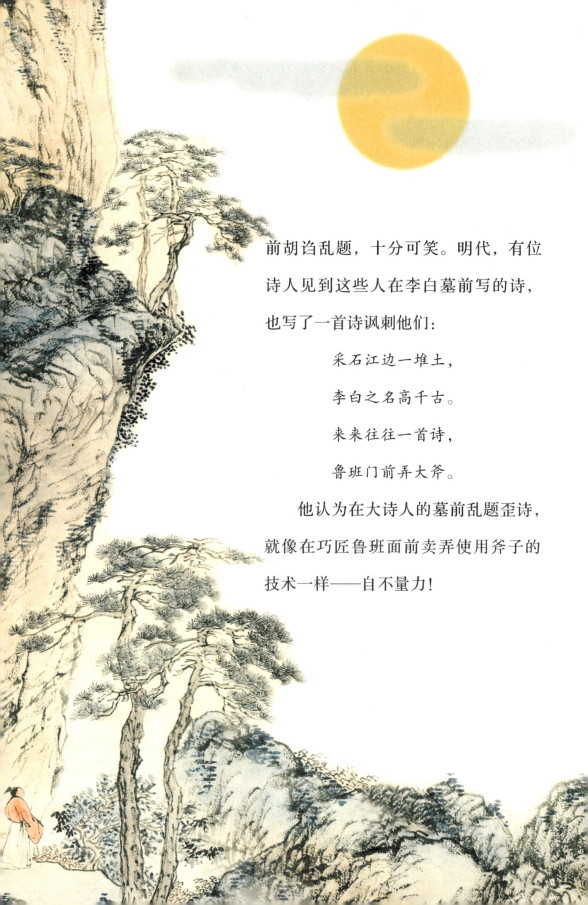

前胡诌乱题，十分可笑。明代，有位
诗人见到这些人在李白墓前写的诗，
也写了一首诗讽刺他们：

　　　　采石江边一堆土，

　　　　李白之名高千古。

　　　　来来往往一首诗，

　　　　鲁班门前弄大斧。

　　他认为在大诗人的墓前乱题歪诗，
就像在巧匠鲁班面前卖弄使用斧子的
技术一样——自不量力！

别董大

别董大二首·其一

[唐]高 适

千里黄云①白日曛②，北风吹雁雪纷纷。
莫愁前路无知己，天下谁人不识君？

注释

① 黄云：天上的乌云，在阳光下，乌云是暗黄色，所以叫黄云。
② 曛：夕阳西沉时的昏暗景色。

　　一年冬天，五十多岁的诗人高适在睢（suī）阳（今河南省商丘市附近）遇到了著名琴师董庭兰。董庭兰此时已经六十多岁了，因为在自家弟兄中排行老大，所以人称"董大"。高适这时候因仕途受挫，有些心灰意冷，而董大因为欣赏他的宰相房琯（guǎn）被贬了官，也被迫离开长安，四处流浪，依靠演奏胡笳和筚篥（bìlì），卖艺谋生。

　　董大青年时期师从凤州琴师陈怀古，会弹"沈家声""祝家声"等不同风格的琴曲。但当时流行来自西域的音乐，欣赏七弦琴的听众比较少。于是，他下决心钻研西域乐人传来的胡笳、筚篥等乐器的演奏技巧，并周游四方，到处求学，终于达到出神入化的境界。诗人李颀（qí）称赞他的演奏说："言迟更速皆应手，将往复旋如有情。"董大还擅长创作，每谱一曲都"费尽构思"，力求"音律句读（dòu），弗类他声"，也就是跟别人不一样。后来他得到宰相房琯的赏识，成为房琯的门客。可是，没想到却被人诬陷"数招赂谢"，也就是说他收取贿赂。房琯因替他申辩而被贬，董大也只好流落江湖，四海漂泊。

当他流落到睢阳时，漫天黄云，大雪纷纷，天空中不时传来几声凄厉的雁鸣。董大独坐在小酒馆里，感到孤独凄清，忽然一转身，就被人抓住了肩膀，紧接着，高适的大嗓门响了起来："您是董大吧？"

董大被人认出来，心里还是有一丝窃喜的。不过他此时已经认不出高适了，惊异地问道："您是？"高适立刻介绍，说自己当年赶考，去房琯家里拜谒（yè）时曾经见过董大。从军之后到房琯府办事，也见过董大。只是那时董大很风光，不像现在这么落魄。高适生性豪爽，说话直来直去。

董大点点头，发出一声叹息："唉，难得您还认得出我。如今物是人非，咱们不提当年了。"

高适一边喊店家添酒，一边说道："董大老兄不用过谦。您的琴声优雅，筚篥动情，天涯海角都有知音啊。"

高适的大嗓门立刻就把店主惊动了，他惊讶地瞪大眼睛，对董大说道："原来您就是董庭兰乐师啊，我们都知道您，都爱听您演奏的曲子啊！"

董大很感动，回身从包袱中抽出胡笳，对着店主说道："我身上的酒钱不多了，就给大家演奏一曲换点儿酒喝，可以吗？"店主连连点头，说："当然可以啊，我们大家今天就一起大饱耳福吧！"

随后，董大认真地演奏了几支曲子，还特意清唱了一首高适作词的"开箧（qiè）泪沾臆"。一曲唱完，多情的董大已经是泪流满面。

眼看时间已经不早，董大拱拱手向店家道谢，也向高适和其他听众打了招呼，蹒跚着准备离开。忽然，高适拦住他，说道："董大老兄，我这里有两首诗送给您。"

以诗送别，在唐代是一种习俗。高适被董大的表演感动，拿出一张素纸，写了两首《别董大》：

千里黄云白日曛，北风吹雁雪纷纷。

莫愁前路无知己，天下谁人不识君？

六翮飘飖私自怜，一离京洛十余年。

丈夫贫贱应未足，今日相逢无酒钱。

第二首诗描写的是董大和自己当时的境遇，后来知道的人不多，第一首诗却广为传诵，至今还很受人们喜欢。第一首诗的意思是说：大片昏黄的云彩黯淡了阳光，北风吹送雁阵，大雪纷纷扬扬。别担心在前路上没有知音，走遍天下，哪一个人不认识您？

古人的送别诗常常写得很忧伤，而高适却把给朋友的临别赠言写得激昂慷慨，振奋人心。这首豪放洒脱的送别诗，鲜明地体现了作者开阔的胸怀和豪爽的性格。诗的前两句描写眼前景物，衬托自己心中对朋友惜别的伤感。后两句改用充满信心和力量的语气，表达了对朋友的理解和祝福。

董大接过这两首诗，不由自主地吟唱起来：

莫愁前路无知己，

天下谁人不识君？

…… ……

他和高适紧紧地握了握手，互道珍重。

七岁咏凤凰

绝句

[唐] 杜 甫

迟日①江山丽，春风花草香。
泥融②飞燕子，沙暖睡鸳鸯。

注释

① 迟日：春天日渐长，所以说迟日。
② 泥融：这里指泥土滋润、湿润。

　　唐代大诗人杜甫小时候特别贪玩，屁股在板凳上根本坐不住，特别不喜欢读书。他都四五岁了，却连一首诗都记不住，这让他的爷爷非常生气。

　　杜甫的爷爷叫杜审言，是一位著名的诗人。见自己的孙子这么不爱学习，杜审言就对杜甫进行了严厉的管教，好不容易才帮他改掉了贪玩的毛病。杜甫在爷爷的指导下刻苦读书，爷爷在给杜甫上课时，专门讲述了他们家先祖杜预的事迹。杜预是晋代的名将，能文能武，不仅常打胜仗，还曾注解过《左传》。杜甫深受启发，立志以先祖杜预为榜样，长大了也要为国家建立功勋。

　　不久，杜甫的母亲不幸去世了。他的父亲要到外地去做官，没有办法带着他，就把他寄养在洛阳的姑母家里。姑母非常疼爱他，不仅在生活上对他照顾得特别周到，而且在学习上对他要求也特别

严格，每天都要教他读书、识字、作诗。姑母让杜甫和表弟一起锻炼和学习，兄弟俩感情很深。有一回，姑母专门带兄弟二人一起去看著名舞蹈家公孙大娘的"剑器舞"。剑器舞是持剑表演的舞蹈，公孙大娘舞技精湛，博得人们阵阵热烈的掌声。这次演出让小杜甫记忆深刻，过了很多年之后还专门在诗中回忆过当时的情景。

杜甫在姑母家生活得很愉快。可是一场流行病突然袭来，杜甫和表弟都未能幸免，姑母经过精心照顾，把杜甫从病魔手中救了回来，而她自己的儿子，就是杜甫的表弟却被病魔夺走了生命。从此之后，杜甫好像突然间就懂事了，为了安慰姑母，他每天学习得更加刻苦。

杜甫七岁的一天，姑母正在外屋做家务，听到杜甫在房间里大声地读一首诗，感到这首诗很陌生，不禁纳闷地问："侄儿，今天你在读什么书啊，我怎么没有听过这首诗呢？"杜甫笑着回答："姑母，你当然没听过了，这是我刚写成的一首诗！"说完，高兴地跑出来拿给姑母看。姑母很惊讶，说："你这么一丁点儿的小孩也会写诗？"她有点儿不相信，就赶紧好奇地接过杜甫的诗稿，认真地看了起来。

姑母没有想到，小杜甫这首诗写得还真不错呢！她一边看，一边夸奖起来："真是好诗！你爷爷是有名的诗人，看来你也要成为我们家的大诗人啦！"说完，姑母高声朗诵了一遍，发现杜甫的诗还没有题目，就问他："你这首诗叫什么名字啊？"

杜甫一挺小胸脯，说："这首诗写的是凤凰，诗题就叫《凤凰》！"

姑母高兴地说："好啊。这孩子才七岁就能开口咏凤凰，长大了一定有出息！"

杜甫受到姑母的鼓励，并没有骄傲，而是继续刻苦学习，他知道只有"读书破万卷"，才能"下笔如有神"，所以每天都认真地读啊写啊，更加用功。他后来写过好多好诗，被人们称为"诗圣"。他的诗反映了唐代由盛转衰的历史过程，被称为"诗史"。

杜甫的好多作品被选入小学语文教材，如这首《绝句》就很受学生们的喜爱：

迟日江山丽，春风花草香。

泥融飞燕子，沙暖睡鸳鸯。

诗的意思是说：秀丽的江山沐浴着初春的阳光，和煦的春风吹送着花草的芬芳。冻泥融化了，燕子们衔泥正忙；沙滩暖和了，鸳鸯们睡得正香。

这首诗通过对春天景物的描绘，表现了安宁生活带给人们的欢乐心情。第一句从大处着笔，描绘初春阳光照耀下的江山春景。第二句以春风和花草来展现明媚的春光。第三句写动态景物，描绘飞来飞去衔泥的燕子。第四句写静态景物，描绘睡在沙滩上的鸳鸯。整首诗和谐统一，明丽清新，动静结合，相映成趣。

燕子是在空中飞的，和"泥融"有什么关系呢？诗人为什么把"泥融"和"飞燕子"放在一个句子里？因为冻泥融化变得柔润松软之后，燕子才能够在泥地上飞来飞去衔泥做窝。诗人对春天的景物进行了细致的观察，所以才把"泥融"和"飞燕子"放在一个句子里，这样就更突出了春天的温暖和美好。

炙手可热

丽人行（节选）

[唐] 杜 甫

箫鼓哀吟感鬼神，宾从①杂逐②实要津③。

后来鞍马④何逡巡⑤，当轩下马入锦茵。

杨花雪落覆白蘋，青鸟飞去衔红巾。

炙手可热势绝伦，慎莫近前丞相嗔。

注释

① 宾从：宾客随从。

② 杂逐（tà）：众多杂乱。

③ 要津：本指重要渡口，这里喻指杨国忠兄妹的家门，所谓"虢国门前闹如市"。

④ 后来鞍马：指杨国忠，却故意不在这里明说。

⑤ 逡（qūn）巡：原意为欲进不进，这里是顾盼自得的意思。

　　唐玄宗晚年荒于政事，在封杨玉环为贵妃后，封杨玉环的哥哥杨国忠当了宰相，并把治理国家事务的权力全交给杨国忠。

　　为了讨杨玉环高兴，唐玄宗还把杨玉环的姐妹们分别封为韩国夫人、虢国夫人和秦国夫人。唐玄宗每天陪着杨家的几个姐妹听歌跳舞、饮酒赏花，过着奢侈的生活。

　　杨家受到皇上的照顾，权势非常大。但他们并没有利用手中的权力为百姓办事，而是拉帮结派，欺压老百姓，干了很多坏事。朝廷中的大臣谁敢给他们提意见，不是被砍了头，就是被降了职，所以官员们对杨国忠和杨玉环姐妹什么办法也没有。整个朝廷被他们一家搞得乌烟瘴气。

古时候，每年农历三月上巳（sì）节，人们为了避灾求福，每到这一天都要到水边去举行一种叫"修禊（xì）"的活动。

有一年，杨玉环一家参加这样的活动时，浪费了国家很多钱财，不仅专门在曲江附近搭台唱戏，而且还大摆宴席，场面非常热闹。

大诗人杜甫知道这件事后十分气愤，觉得杨国忠作为一国的宰相，不管老百姓的死活，只顾浪费国家的金钱给自己一家享乐，是非常不对的。

怎样才能让百姓和皇帝都知道他们的丑恶行为呢？杜甫想来想去，决定写一首长诗揭露和讽刺他们。于是，他挥笔写下了《丽人行》，对杨国忠一家的奢侈生活做了大胆的讽刺。这首诗的结尾写道：

> 箫鼓哀吟感鬼神，宾从杂遝实要津。
> 后来鞍马何逡巡，当轩下马入锦茵。
> 杨花雪落覆白蘋，青鸟飞去衔红巾。
> 炙手可热势绝伦，慎莫近前丞相嗔。

诗的意思是说：笙箫鼓乐婉转悲歌连鬼神都感动了，曲江边来来去去都是朝廷手握重权的大人物。后边有一个骑马的人为什么大模大样前来，走到杨家姐妹的车前才从马上下来，顺着绣毯直接就走进了权贵们的帐篷？啊，原来是宰相大人啊，怪不得这么横冲直撞。杨花像白雪一样覆盖着悠悠的浮萍，青鸟匆匆飞上前去衔起地上遗落的红丝巾。人家的威风和气焰无与伦比，小百姓就千万别往前再走了，免得冒犯了人家，惹得宰相大人大发脾气。

这首诗含蓄地对杨家兄妹进行了绝妙的揭露和嘲讽。字字刺讥，声声慨叹，却又绵里藏针，不动声色。

后来人们见到杨家的人，就会想起杜甫这首诗来，在背后打着手势对他们指指点点，窃窃私语"慎莫近前丞相嗔"。再后来，人们又从这首诗中抽取出一个成语——炙手可热。"炙"是烤的意思，"炙手可热"的意思是手一挨近就感觉热，常常用来形容气焰很盛、权势很大。

夜宿石壕村

石壕吏（节选）

[唐]杜甫

暮①投②石壕村，有吏夜③捉人。
老翁逾④墙走⑤，老妇出门看。
吏呼⑥一何⑦怒⑧！妇啼⑨一何苦⑩！

注释

① 暮：傍晚。
② 投：投宿。
③ 夜：时间名词作状语，在夜里。
④ 逾（yú）：越过；翻过。
⑤ 走：跑，这里指逃跑。
⑥ 呼：诉说，叫喊。
⑦ 一何：何其，多么。
⑧ 怒：恼怒，凶猛，粗暴，这里指凶狠。
⑨ 啼：哭啼。
⑩ 苦：凄苦。

安史之乱爆发后，战争非常激烈。朝廷的军队为了打败叛军，就到处拉壮丁补充兵力，把百姓折腾得没法生活。

有一天，杜甫经过一个叫石壕村（在今河南省陕县东南）的地方，时间已经很晚了，他就到一户穷人家借宿。半夜里，他睡得正香的时候，忽然响起一阵非常急促的敲门声，还夹杂着一声声尖厉的叫喊："开门！开门！"这时候，躺在床上的杜甫，听到这家的老爷爷匆匆翻过后墙，逃走了。老婆婆一面大声地答应着，一面到前面去开门。

进屋的是官府派来抓壮丁的差役，他们厉声质问老婆婆："你家的男人们都到哪里去了？"

老婆婆声音哽咽着说："唉，我家有三个儿子，可他们都上前线打仗去了，前两天刚接到一个儿子捎来的口信，说另外两个儿子都已经战死了。活着的人暂且偷生，死去的人永远逝去。现在家里只剩下一个小孙子。因为他还在吃奶，所以儿媳妇没有离开我们这个家，但家里实在太穷了，她进进出出的，都没有一条完好的裙子，我们家确实没有可以应征打仗的人了！"

尽管老婆婆啼哭的情形是那样凄苦，官吏喊叫的声音还是那样凶狠。抓不了人，差役们就不肯走，因为小孙子还需要喂养，老婆婆怕他们最后把儿媳妇抓走，实在没有办法，只好说："如果非出一个人不可的话，就让我跟你们去吧！老妇我虽然身体虚弱，但是还能在兵营里做做饭什么的。现在出发，还赶得上给士兵们做早饭。"

随后，说话的声音就渐渐消失了，只是隐隐约约听到那家的儿媳妇在低声哭泣。

天亮后，杜甫继续赶路，临行时只能与逃回来的老爷爷告别，再没看到老婆婆。原来，那些差役看他家确实没有人可抓，果真把老婆婆抓走，让她到军营给士兵做饭去了。

杜甫路上想起这一夜的情景，心里很悲伤，就把这件事写成了一首诗，叫《石壕吏》，诗的开头是这样写的：

> 暮投石壕村，有吏夜捉人。
>
> 老翁逾墙走，老妇出门看。
>
> 吏呼一何怒！妇啼一何苦！

诗的意思是说：傍晚投宿石壕村，遇到差役们趁着夜色来强征壮丁。老翁翻墙逃走，老妇出门察看。差役们吼叫得多么凶狠，老妇啼哭得多么可怜！

诗的结尾写道：

> 夜久语声绝，如闻泣幽咽。
>
> 天明登前途，独与老翁别。

诗的意思是：夜深了之后说话声逐渐没有了，只是隐约听到几声悲哀的哭泣。天亮以后我准备登程赶路时，得知那个老妇已经抓走了，只能和逃回家来的老翁悲声告别。

《石壕吏》完整地叙述了差役抓丁的整个过程，揭露了差役的残暴和社会的黑暗。虽然每句都是白描，没有任何修饰和抒情，却在字里行间蕴含着强烈的感情，爱憎分明，笔墨凝练，思想非常深刻。

杜甫一生写过许多表现民生疾苦的诗歌，其中六首被后人合起来叫作"三吏三别"（《石壕吏》《潼关吏》《新安吏》《新婚别》《垂老别》《无家别》），反映的都是安史之乱给天下苍生造成的巨大苦难。

堂前扑枣

又呈① 吴郎

[唐] 杜 甫

堂前扑枣任西邻，无食无儿一妇人。

不为困穷② 宁有此？只缘恐惧③ 转须亲④。

即⑤ 防⑥ 远客⑦ 虽多事⑧，便插疏篱⑨ 却甚真。

已诉征求贫到骨，正思戎马泪盈巾。

注释

① 呈：呈送，尊敬的说法。

② 困穷：艰难窘迫。

③ 恐惧：害怕。

④ 转须亲：反而更应该对她表示亲善。亲即亲善。

⑤ 即：就。

⑥ 防：提防，心存戒备。

⑦ 远客：指吴郎。

⑧ 多事：多心，过虑。

⑨ 插疏篱：是说吴郎修了一些稀疏的篱笆。

有一年，杜甫流浪到了夔（kuí）州。在几个好朋友的帮助下，他在城郊修建了一所草堂，住了下来。这草堂前面种着几棵枣树，长得非常好。一到秋天，树上挂满红枣，像一颗颗红玛瑙（nǎo），非常好看。

有一天早晨，杜甫睡得正香，忽然被一阵稀里哗啦的声音惊醒。他很惊讶，就匆匆忙忙起床，推开草堂的门去看。原来是一个白发

87

苍苍的老婆婆，手里拿着一根竹竿，正站在枣树前偷偷打枣。

杜甫认得这个老婆婆，知道她是自己西边的邻居。老婆婆的儿子已经战死在前线，她的老伴最近也病死了。家里只剩下这样一个孤苦伶仃的老人，日子过得非常艰难。

杜甫看见打枣的是她，知道她家里肯定又没东西吃了，就冲着老婆婆笑了笑，说：“今年的枣长得真多啊，打吧打吧，接着打吧。”

老婆婆看见杜甫，心里本来很害怕，怕他责备自己。现在听了他这几句话，感动得连声道谢：“如果不是实在饿得受不了，真不好意思偷偷到你家来打枣啊。”

“唉！”杜甫同情地叹了一口气，陪着老婆婆聊了一会儿，也帮她打起枣来。老婆婆临走的时候，流着泪向杜甫表示感谢。

杜甫提起盛枣的袋子，一直把老婆婆送回家，告诉她：“以后别客气，只管放心来打枣吧。”

过了不久，杜甫临时搬到另一个地方去住，把草堂交给一位叫吴郎的亲戚照看。几天之后，杜甫的朋友们告诉杜甫，吴郎不愿意让老婆婆到草堂前打枣，还用篱笆把那几棵枣树围在了院子里。杜甫心里很着急，就写了一首诗《又呈吴郎》，托人捎给吴郎：

堂前扑枣任西邻，无食无儿一妇人。

不为困穷宁有此？只缘恐惧转须亲。

即防远客虽多事，便插疏篱却甚真。

已诉征求贫到骨，正思戎马泪盈巾。

　　诗的意思是说：过去西邻来堂前打枣，我从不阻拦，因为她是一个无食无儿的老妇人。如果她不是由于穷困，怎么会来做这样的事？正因她心存恐惧，所以更应该多给她送些温暖。她见到你来就防着你，虽然有点儿多此一举，但你一搬来就插上篱笆却是事实。她已经哭诉过官府征租逼税，穷得一无所有了，想起现在的时局，兵荒马乱中连我也不禁涕泪横流。

　　其实这首诗主要就是告诉吴郎一句话："让西邻那位老婆婆在草堂前随便打枣吧，她家里没有什么亲人了，非常可怜。"

　　吴郎接到杜甫的诗，很惭愧，就把篱笆拆了，让那位无依无靠的老婆婆继续前来打枣。

五言长城

逢雪宿芙蓉山主人

[唐] 刘长卿

日暮苍山远①，天寒白屋②贫。

柴门闻犬吠，风雪夜归人。

注释

① 苍山远：青山在暮色中影影绰绰，显得很远。

② 白屋：未加修饰的简陋茅草房。一般指贫苦人家。

中唐诗人刘长卿性格豪爽，特别正直，有时遇到比他官大的人做了错事，也敢于挺身而出，大胆说话。在他担任转运使判官这个小官的时候，得罪了一个叫吴仲孺的大官。

吴仲孺偶尔写几句诗，不过写得并不好，但因为他是功臣郭子仪的女婿，是个权势很大的人物，所以好多人不敢当面说他的诗不好，反而拍他马屁，说他写得非常优秀。这使他更觉得自己了不起，动不动就卖弄一番自己的"诗才"。

有一次，他又摇头晃脑地吟了两句似通不通的诗，立刻就有人鼓掌叫好，他高兴地哈哈大笑起来。

刘长卿当时也在旁边，觉得吴仲孺的诗吟得太糟糕了，腾地就站了起来，说："这哪里算诗啊，一点儿诗味都没有嘛！"

还没等吴仲孺说话，拍马屁的那些人就替他反驳刘长卿："这诗多好啊。你写的那些'风雪夜归人'什么的，才没有诗味呢！"

拍马屁的人提到的"风雪夜归人"，是刘长卿的《逢雪宿芙蓉山主人》的最后一句。这首诗是这样写的：

> 日暮苍山远，天寒白屋贫。
>
> 柴门闻犬吠，风雪夜归人。

诗的意思是说：傍晚时分山路显得更漫长，寒冷天气茅屋显得这户人家更贫困。柴门内忽然传出声声狗叫，风雪之夜来了投宿的旅人。

这首诗按时间顺序描绘了诗人冒雪投宿到一户山村贫苦人家时的情景。前两句写傍晚所见，距离"白屋"还远；后两句写雪夜所闻，此时诗人已到"白屋"近前。前两句是大景致，后两句是小细节。全诗生动地表现了山中人家的简朴生活，也表达了诗人对贫苦人民的同情。每句诗都构成一幅形象具体的单独画面，连起来看又像是一幅幅连环画。

对于"风雪夜归人"的"归"字，历来有不同的解释。一种说法认为，"归"字是指芙蓉山主人风雪夜归；另一种说法认为，"归"字指的是诗人自己。如果"归"字指诗人自己，该怎么理解呢？设想一下，诗人在风雪旅途中找到投宿的地方，受到热情的招待，好像回到自己的家里，有了归家的感觉。这从侧面描写了芙蓉山主人的热情好客和纯朴善良。

这首诗意境深远，但那些拍马屁的人没有能力感受到其中的妙处，就敢当着刘长卿的面胡乱评价一番。刘长卿是个很骄傲的人，听那些人愣把吴仲孺不好的诗说成好诗，并转而批评他的诗，他很不高兴，胸脯一挺，说："我写的'风雪夜归人'，比吴大人的诗好多了。你们却说没诗味，这是因为你们不懂诗。要说写这种五言诗，我可是'五言长城'哩。""五言长城"的意思是说：自己的五言诗写得最棒，在世上根本就没有人能够超过他。

他这样一说，弄得吴仲孺下不来台。后来，吴仲孺再也不当众卖弄自己的"诗才"了，可是，他对刘长卿也怀恨在心。为了报复刘长卿，吴仲孺找了个机会，诬告刘长卿贪污公款，结果，刘长卿连这个小官也当不成了。

不过，刘长卿自称"五言长城"的故事也流传开来。宋代张戒在《岁寒堂诗话》里谈到刘长卿时，称赞说："他的诗风豪放，笔力简练清秀，真不愧'五言长城'的称号。"

渔歌子

渔歌子

[唐] 张志和

西塞山前白鹭飞，桃花流水鳜鱼肥。

青箬笠，绿蓑衣，斜风细雨不须归。

很多人都熟悉唐代诗人张志和的《渔歌子》。诗人笔下的渔夫生活逍遥浪漫，令人神往。

张志和本来名叫张龟龄，是个小神童。他三岁开始读书，六岁就能写文章。他八岁时，父亲带他去翰林院玩，一位姓宋的学士很喜欢他，就顺手拿起旁边的一本书来考他，让他看一遍其中的一篇文章，然后就要求他背诵，没想到他真的一字不差地背下来了，宋学士夸奖他说："这孩子过目成诵，真了不起。"

小龟龄继续认真学习，后来他不仅会写诗作文，还会画画、唱歌和吹笛子。他的名气越来越大，太子也听说了他的才华，就召见了他，把他留在身边做官，还赐给他一个新名字，叫"志和"。古时候，皇帝、太子等给谁改个名字是很大的荣耀，此后他就叫张志和了。

后来，太子登基成了皇帝。因为一些事情张志和得罪了他，就被稀里糊涂赶出了朝廷。从此，张志和看透了朝廷的黑暗和冷酷，不愿意再做官，而是出家做了道士，自号"玄真子"，终日在青山

绿水间云游。

张志和很佩服大书法家颜真卿。据说有一次，颜真卿邀请张志和、陆羽等好友一起游玩，张志和一口气写了五首《渔歌子》，我们最熟悉的"西塞山前白鹭飞"就是第一首中的诗句。

颜真卿等人纷纷唱和，每人都按照张志和的样式写了五首《渔歌子》，五人一共创作出了二十五首。随后张志和一边举杯饮酒，一边乘兴挥毫，按照大家的词意一一作画，颜真卿和陆羽等人互相传看欣赏，连连赞叹。

张志和喝酒喝得有点儿多，就招呼大家，非要表演一个水上游戏。只见他把一张方方的竹席轻轻地铺在水面上，悠然盘腿坐在席上，朗声高唱《渔歌子》，并频频向大家挥手。这时一阵清风吹来，竹席就像小船儿一样，载着张志和向着烟波浩渺的远方悠悠飘去。

这时，云彩中忽然飞来一只洁白的仙鹤，绕着张志和的头顶慢慢盘旋。最后，张志和就骑着这只美丽的仙鹤，飞到彩云中间去了。颜真卿、陆羽等人在岸上一起高唱《渔歌子》，用这美好的歌声为张志和送行。

很快，张志和的《渔歌子》就流传开来，后来还流传到了日本。只是不知道怎么回事，传到日本的只有"西塞山前白鹭飞"这一首《渔歌子》。日本天皇很喜欢这首诗，听说还有其他四首时，就专门派了遣唐使，向唐朝皇帝求索另外四首《渔歌子》，当时的宰相李德裕派人找到另外四首，让日本的遣唐使带给了日本天皇。

另外四首《渔歌子》是这样写的：

钓台渔父褐为裘，两两三三舴艋舟。

能纵棹，惯乘流，长江白浪不曾忧。

雪溪湾里钓渔翁，舴艋为家西复东。

江上雪，浦边风，笑著荷衣不叹穷。

松江蟹舍主人欢，菰饭莼羹亦共餐。

枫叶落，荻花干，醉宿渔舟不觉寒。

青草湖中月正圆，巴陵渔父棹歌连。

钓车子，橛头船，乐在风波不用仙。

学仙的故事

滁州西涧

[唐] 韦应物

独怜①幽草②涧边生，上有黄鹂深树③鸣。
春潮④带雨晚来急，野渡⑤无人舟自横⑥。

注释

① 独怜：唯独喜欢。
② 幽草：幽谷里的小草。
③ 深树：枝叶茂密的树。
④ 春潮：春天的潮汐。
⑤ 野渡：郊野的渡口。
⑥ 横：指随意漂浮。

这首选入小学语文课本的《滁州西涧》，是中唐诗人韦应物的代表作。

"滁州"就是现在的安徽省滁州市。"西涧"在滁州城西，俗名"上马河"。

诗的意思是说：我最喜欢涧边生长的那些野草，岸上树林深处还有黄鹂欢叫。春潮昨晚趁着雨水急急上涨，渡口无人，小船独自水面漂。

这首诗描写了诗人在滁州西涧一个有雨的晚上，见到清丽的景色，听到动听的鸟鸣，表达了诗人幽静恬淡的心情。全诗景物静美，生气勃勃，清新可爱，富有情趣。

韦应物曾做过江州刺史、苏州刺史，所以被称为"韦江州"或"韦苏州"。他的诗多描写山水田园生活，清丽闲淡，平和幽美。另外，他也写过一些反映民间疾苦的诗，很富于同情心。可是，你可能不知道，他小时候非常贪玩，根本不爱学习，很大了还"一字都不识"。

韦应物生在一个官宦之家，少年的时候，曾经当过唐玄宗的侍卫。一个十多岁的孩子，还不大懂事，又没读过什么书，做了皇上的贴身侍卫，受到皇上的宠爱，所以他很骄傲，成天喝酒赌钱，东游西逛，把大好时光都浪费了。

在韦应物二十多岁时，唐玄宗死了。和韦应物一起做侍卫的伙伴们大哭起来。因为他们什么也不会，不知道今后怎么办才好。只有韦应物跳起来高声说道："哭什么哭！还不各自赶快读书！"说完，他就大步流星地离开了。

随后，韦应物果然收住玩心，去太学读书了。虽然他自觉"读书事已晚，把笔学题诗"，但还是下决心要把以前浪费的时间全都补回来。他学习非常刻苦，每天读书到深夜才休息。

韦应物在他的诗中，记述了很多关于勤奋学习的故事和传说，用来鼓励自己不断努力奋进。他的《学仙》一诗中写道：

岂不见古来三人俱弟兄，结茅深山读仙经。

…… ……

仙人变化为白鹿，二弟玩之兄诵读。

　　这首诗写的是一个学仙的民间传说：有兄弟三人，一起在深山的茅草房中"读仙经"，想有一天变成神仙。这件事被神仙知道了，神仙为了试探三个人的决心和毅力，故意变成一只白鹿来引诱他们。两个弟弟看到一头可爱的小鹿围着他们又蹦又跳，忍不住扔掉书，追逐笑闹着跟小鹿去玩。只有哥哥继续坚持诵读，后来哥哥就真的变成了仙人。两个弟弟知道真相后，大哭起来，才知道因为自己一时的不专心，失去了成仙的机会。

　　韦应物把这个传说写进诗里，贴在自己的床头，用来提醒自己学习要有毅力，要专心致志。后来，韦应物经过努力，终于在诗歌创作上取得了很大的成就。

　　宋代有个皇帝招考宫廷画师，曾经用韦应物的诗句"野渡无人舟自横"当题目。应考的画师大都画得差不多：杂草丛生的渡口，一条没有人的小船停在水面上。这些画皇帝都没有看中。猜一猜，

最后考了第一名的画师是怎样画的呢？

考第一名的画师在渡船上画了一个船工，船工手拿竹笛在船尾打瞌睡，旁边还停了两只野鸟。意思是说：因为很长时间没有人来要求摆渡，所以船工连笛子也懒得吹就打起了瞌睡。题目中的"野渡无人"并不是完全没有人，而是渡口没有人来渡河。考第一名的画师因为在审题时用了功，巧妙地用"有人"来反衬"无人"，更显示出了"野渡"的荒凉与寂寞。同时他还在小船边画上两只见到人就会惊飞的小鸟，来表示确实是没有人来这里渡河，这就很好地完成了皇帝对这幅画的要求。

为什么别的画师落选了？原因就是他们在审题时只看到了"无人""舟""自横"，却没认真思考"野渡"是指"渡船"还是指"渡口"。题目里指的是渡口，而其他画师却错当成渡船了。

孟郊迎母

登科后

[唐] 孟 郊

昔日龌龊①不足夸②，今朝放荡③思无涯④。
春风得意⑤马蹄疾，一日看尽长安花。

注释

① 龌龊（wòchuò）：原意为肮脏，此指不如意的处境。
② 不足夸：不值得提起。
③ 放荡：自由自在，不受约束。
④ 思无涯：兴致高涨。
⑤ 得意：指考取功名，称心如意。

唐代诗人孟郊小时候家里很穷，一家人的生活全靠母亲支撑。他长大以后，曾经两次赴京考试，每次出门前，母亲总要亲自为他准备行装。可是，他每一次都没有考中，而母亲每次都会耐心地劝解他，让他不要灰心，一定要坚持下去。

孟郊很听母亲的话，继续苦读，直到四十六岁时，第三次去参加考试，这回终于考中了进士。他专门写了一首《登科后》，表达自己兴奋的心情：

昔日龌龊不足夸，今朝放荡思无涯。

春风得意马蹄疾，一日看尽长安花。

诗的意思很浅显，就是说：过去自己的生活很狼狈，现在终于考中了，今天真高兴啊，我要迎着春风纵马奔驰，一日之内赏遍京城名花。我们现在常说的成语"春风得意"和"走马观花"，就是从这首诗里来的。不过，他高兴得有点儿早，因为考中进士后，他并没有立马得到官职，而是等了四年之后，他才在江苏溧阳当上县尉。

官虽不大，但是毕竟有了官职，生活不再像以前那样贫困了。一天早晨，孟郊醒来，不禁想起了远在家乡的老母亲。他记得在离开家前的那一天晚上，母亲坐在昏黄的油灯下，为他一针一线地缝制出门穿的衣服。老母亲担心儿子出门在外，衣服破了没有人缝补，总是把针脚缝得十分细密，使衣服结实耐穿。母亲一边飞针走线地做衣服，一边不放心地嘱咐儿子："出门在外，要时常托人捎口信回来。办完事后，别在外面待得时间太长，要早点儿回家……"孟郊坐在母亲身边，不住地点头答应。

想到这里，孟郊觉得心里特别温暖。他站起身，立即派人回自己的老家，把自己的老母亲接来溧阳同住，他想：今后要好好侍奉母亲。打发人走了之后，一天，他坐在衙署里，想着母亲对自己的培养和关爱，提笔唰唰唰写下了感人至深的《游子吟》：

慈母手中线，游子身上衣。

临行密密缝，意恐迟迟归。

谁言寸草心，报得三春晖。

诗的意思是说：慈母手中的线儿长又长，游子身上的衣衫暖又暖。离家的时候缝得密又密，回家的日子可别晚又晚。谁敢说草儿的小小心意，能报答春阳的光辉灿烂？

这首诗描写的是诗人与母亲即将分别的时候，母亲为他缝补衣服的生动情景，表达了诗人对母爱的感谢和赞颂。诗的最后两句和前四句可以分成两个明显的段落。前四句诗写慈母，后两句写诗人自己的心情。正是在看到了前四句描写的场景之后，诗人心中才产生了最后两句的感叹。他把自己比作阳光照耀下的小草，把母爱比作温暖的阳光，贴切具体地抒发了自己对母亲的深情。全诗深沉真挚，通俗易懂，生动贴切，引人深思。

孟郊写完了这首诗，反复吟诵，眼里不知不觉就蒙上了泪水。几天后，孟郊的家人跑进来禀报说，接孟母的船快要到了，很快要靠上码头了。孟郊听了，赶紧整整衣服，准备去迎接母亲。忽然，他又停了下来，重新回到书案旁边，找出《游子吟》的手稿，拿出笔在诗题下边，郑重地加上了"迎母溧上作"五个字。然后，他就拿着这篇诗稿，到码头迎接老母亲去了，他想当面把这首诗读给母亲听。

杜诗拌蜜

早春呈水部张十八员外

[唐] 韩 愈

天街① 小雨润如酥②，草色遥看近却无。
最是③ 一年春好处，绝胜④ 烟柳满皇都⑤。

注释

① 天街：京城街道。
② 润如酥：细腻如酥。酥，动物的油，这里形容春雨的细腻。
③ 最是：正是。
④ 绝胜：远远胜过。
⑤ 皇都：帝都，这里指长安。

很多读者都熟悉唐代诗人韩愈写的描写早春风景的绝句《早春呈水部张十八员外》。不过，对于这位"水部张十八员外"，很多读者就比较陌生了。

"水部张十八员外"指的是唐代诗人张籍。他在家里的兄弟辈排行十八，又担任水部员外郎的职务，所以韩愈客气地称他为"水部张十八员外"。而韩愈专门写这首诗，是为了约张籍一起去踏春郊游。

水部员外郎在唐代是个不大的官职，但是好些诗人写过赠张水部的诗歌，所以在后人看来倒像是个很著名的官职了。比如，白居易登上杭州望海楼眺望"鲜奇"美景，就专门给张水部寄诗：

风翻白浪花千片，雁点青天字一行。

好著丹青图画取，题诗寄与水曹郎。

张籍是和州乌江（今属安徽省和县乌江镇）人，担任过水部员外郎及国子司业等官职。他是杜甫的"粉丝"，不过他喜欢杜甫的方式却与众不同。他喜欢把杜甫的诗集整本烧掉，然后把杜诗的纸灰拌上蜂蜜放在容器里保存起来，每天早晨挖出三勺，用水冲开当饮料喝。

有个朋友听说张籍喝"杜诗蜜水"，很不解，就问他是怎么回事。张籍胸脯一挺，说："令吾肝肠从此改易。"意思是：我要换一换我的肝肠，以后写诗就能和杜甫一样好了。他这种说法当然不科学。但是从他的这种怪癖，我们也能侧面了解他对杜甫是多么崇拜。通过对杜甫诗歌的刻苦学习，张籍的诗歌水平确实大大提高，后来成为唐代新乐府运动中的一个优秀代表。

张籍在文坛声望很高。当时的科举制度实行考试和推荐相结合的方式。考生除了考试，还要请文坛名人提前推荐自己的作品。有一位名叫朱庆馀的考生在考试之前拜访张籍，提前把作品交给张籍审阅，希望得到他的帮助。过了几天，没有什么消息，他就委婉地写了一首《近试上张籍水部》：

洞房昨夜停红烛，待晓堂前拜舅姑。

妆罢低声问夫婿，画眉深浅入时无？

诗人自比为一位将要去见公婆的新娘子，把羞答答的心理描写得非常生动。其实也是在含蓄地问张籍："我的作品还行吗？"

张籍收到这首诗很高兴，就立刻写了一首诗寄给他作为回答：

> 越女新妆出镜心，自知明艳更沉吟。
>
> 齐纨未是人间贵，一曲菱歌敌万金。

诗的表面意思是说：南方有位采菱女孩清新脱俗，长得美，唱得好。只要她开口唱一首小曲，就能把那些庸俗的女孩全都比下去。张籍在这里是把朱庆馀的作品比喻为那位受人喜爱的采菱姑娘，其实也是暗示他，他的作品写得很漂亮，不用为考试担心了。

朱庆馀收到张籍的回诗，当然能够读懂张籍含蓄的诗意，心里的大石头立刻就落了下来，高兴地笑了。

人面桃花

题都①城南庄

[唐] 崔 护

去年今日此门中，人面②桃花相映红。
人面不知何处去，桃花依旧笑③春风。

注释

① 都：京城长安。
② 人面：指姑娘的脸。
③ 笑：形容桃花盛开的样子。

中唐的时候，有一个诗人名叫崔护。关于他，有一则野史逸事。话说崔护这个人，"姿质甚美，而孤洁寡合"，也就是说他相貌和才学都很出众，又志向高洁、不同流俗。他年轻的时候，到长安去考进士，结果没有考上，他就在那里找了一个旅馆住下来，继续读书，准备下一次再考。

一转眼，到了清明节这一天，人们纷纷到野外踏青，崔护也想趁此休息一下，独自一人信步来到长安南郊，观赏春天景色。走得久了，崔护感到有点儿口渴。正好前面有个村子，村口写着名字叫城南庄，村边有一家一亩见方的庄院，院内桃花盛开，美不胜收，只是非常安静，看不见一个人影。

崔护上前轻轻地敲了好一会儿门，才有个女孩从屋里出来，从院门的缝隙里偷偷看着他，小心翼翼地问道："你是谁呀？"崔护忙告诉对方自己是到长安来应试的士人，名叫崔护，因为"寻春独行，酒渴求饮"，意思是说：独自出来踏青寻春，结果走得累了，非常口渴，希望女孩能够送他一杯水喝。那女孩很善良，听了崔护的话，就开门放他进来，然后回身从屋里拿出一杯水放在桌子上，接着搬出一把椅子，让崔护坐下慢慢喝水。

随后，这位女孩站在一棵盛开的桃树旁，微微斜靠着树干，腼腆地注视着崔护。她和桃花互相映衬，构成一幅非常美丽的画面。崔护心里非常喜欢这个可爱的女孩，便想跟她多说几句话，但是女孩很害羞，一句话也不回答，只是带着微笑注视着他，目光过了好久好久也不肯移开。

崔护喝完了水，看看时间也不早了，就向女孩道谢，告辞回去。女孩一直把崔护送到门口，好像有什么话要说，但最后只是嫣然一笑，关上了大门，而崔护则是"眷盼（juànxì）而归"。"眷盼"就是脉脉含情地张望的意思，也就是说，崔护一步一回头，带着美好的情感离开了这个城南庄。

过了一年，崔护在清明节时想起了那位桃树下的女孩，于是又到城南庄去寻访。他很容易就找到了，只见小院的门墙花木没有改变，院门却加上了一把大锁。崔护非常怅惘，就在姑娘家的门上题写了一首《题都城南庄》：

去年今日此门中，人面桃花相映红。

人面不知何处去，桃花依旧笑春风。

诗的前两句是美好的回忆，点出了时间、地点和人物，写得非常生动细腻，后两句写现实的遭遇。前后两个场景对比，充满戏剧性和传奇色彩，表达了作者内心深处的浓烈情感，也体现了高超的艺术表现力。

他写完了，在诗的后面又署上自己的姓名，带着失望回去了。过了几天，崔护心里还是放不下那位桃树下的女孩，于是又去了城南庄。这回他刚来到门前，就听屋里传出一阵苍老的哭声。他不知发生了什么事情，急忙敲门。有位老人满脸悲哀地走了出来，一见面就问道："你就是在我家门上题诗的崔护吧？"

崔护说："是我。"

老人哭着说："你把我女儿害惨了！"

崔护大惊，不知道说什么好。老人这才告诉他，女孩知书达理，去年见到崔护之后，就非常思念他，"常恍惚若有所失"。前几天父亲带她出去散心，回来后，她在门上看到了崔护留的诗句，看他写得情真意切，读了之后突然开始发病，随后就水米不进，现在已经昏死过去了。说完，又拉着崔护大哭起来。

崔护听了，赶紧劝住老人，进屋扶起姑娘的头，一边摇晃，一边大声哭喊道："某在斯！某在斯！"意思是："我在这儿！我在这儿！"没想到，昏过去的女孩听到他的声音，竟然睁开了眼睛，又过了半日，就可以重新下地了。崔护非常惊喜。老人见他们这么相爱，就让女儿嫁给了崔护。

崔护得到女孩的帮助，学业进步很快。又过了不久，崔护终于考中了进士，后来做过京兆尹、御史大夫、岭南节度使等。他的诗歌流传下来的一共只有六首，以《题都城南庄》流传最为广泛。成语"人面桃花"，也是从这首诗中来的。

李绅悯农

悯①农二首·其一

[唐]李绅

春种一粒粟②，秋收③万颗子④。
四海无闲田⑤，农夫犹⑥饿死。

注释

① 悯：怜悯。这里有同情的意思。

② 粟：泛指谷类。

③ 秋收：一作"秋成"。

④ 子：指粮食颗粒。

⑤ 闲田：没有耕种的田。

⑥ 犹：仍然。

　　李绅是中唐时期的著名诗人，也是新乐府运动的参与者，和白居易、元稹等诗人交往甚密。他六岁失去了父亲，靠母亲抚育成人。他小的时候，家里虽然很穷，但母亲拼命干活，努力挣钱送他去读书识字。

　　李绅是一个又聪明又懂事的孩子，十分体谅母亲的辛苦，所以学习很用功。很快，他学会了写诗。为了更好地掌握作诗的技巧，他踏上了去往长安的求学之路。

　　当时正值夏天，他一边走路一边不停地擦汗，最后累得实在走不动了，就坐在树荫里休息。一抬头，看到正在田里劳动的那些农民，李绅的眼睛湿润了。

只见农民们顶着正午的烈日，正在弯着腰给半人高的禾苗锄草。大滴大滴的汗珠，从他们的脊背上滚落下来，他们还是那样辛苦地劳动着，甚至都顾不得擦一擦那些汗。这情景让李绅特别感动，于是他拿出笔，立刻写了两首《悯农》：

春种一粒粟，秋收万颗子。

四海无闲田，农夫犹饿死。

锄禾日当午，汗滴禾下土。

谁知盘中餐，粒粒皆辛苦。

第一首诗的意思是说：春天播种下一粒种子，秋天就收获万颗粮食。天下没有闲置的田地，农民却还会因饥饿而死。第二首诗的意思是说：在中午的烈日下锄草，汗水滴洒在禾下的泥土中。谁知道碗盘里的米饭，每一粒都饱含着辛苦。

这两首诗选择了比较典型的生活细节，用虚实结合、相互对比、前后映衬的手法，描写了农民的贫苦生活，表达了诗人的同情和关心，控诉了不合理的社会现实。第一首诗前两句写出了农民劳动一年的贡献，接着一句沉痛的"农夫犹饿死"，把问题更突出地表现出来，使读者禁不住要问：这是为什么？第二首诗通过描写农民在烈日下挥汗锄草的场面，表明了粮食的来之不易。接下来"谁知盘中餐，粒粒皆辛苦"的反问，更有力地说明了每一个人都要珍惜粮食的道理。

李绅写完，就小心收藏起来。到长安后，他就把路上写的这两首诗交给老师，请老师指教。老师读了他的诗后，说："为什么那些农民非要顶着烈日除草呢？一早一晚天气凉快的时候再锄不行吗？"

李绅知道老师在考自己，回答说："只有在烈日下除草，杂草才能被太阳晒死。如果是凉快的时候，锄下来的草还会再扎根复活，继续跟禾苗争夺水和肥。"

老师听了，满意地笑了。他赞扬李绅："只有关心百姓疾苦的人，才写得出这样的诗。"并预言李绅日后一定能当上宰相。李绅后来果然做了宰相。他的《悯农》诗也被人们世代相传，尤其被用来教育少年儿童，要珍惜来之不易的粮食。

陋室铭

乌衣巷

[唐] 刘禹锡

朱雀桥边野草花,乌衣巷口夕阳斜。

旧时王谢堂前燕,飞入寻常百姓家。

刘禹锡是中唐时期的著名诗人,曾任太子宾客。他与白居易齐名,被人们合称为"刘白",他还被白居易誉为"诗豪"。刘禹锡的诗通俗清新,善于运用典故,以托物寓意的手法来针砭时弊、抒写情怀。

有一则野史故事,说刘禹锡改任和州刺史的时候,按他当时的官职级别,应该住在衙门里,并分配给他三间房子。但是,当时管事的策知县是个目光短浅的人,他见刘禹锡被降职赶出京城,到了和州又没有给自己送礼,于是就故意刁难刘禹锡。

他先是安排刘禹锡住在城南门附近的一个地方,距离衙门很远。没想到的是,刘禹锡见住处面对着滔滔的大江,不但没有流露出半点儿不高兴,反而非常开心。

策知县了解到这个情况后,十分恼火,又把刘禹锡的住处从城南门调换到了城北门附近,原来的三间房子也减少到一间半。这一间半房子位于一条小河旁边,又阴暗又潮湿。可是刘禹锡搬过来后,依旧很开心,他根本就不介意房间的简陋,反而觉得漫步在清清的小河边，有岸边一排排整齐的杨柳做伴，是一种美好的享受。

策知县看刘禹锡照样很开心的样子，觉得很不爽，于是又把刘禹锡的住处从城北门调换到城中，并且只给他一间小屋子，屋子里只能放下一床一桌一椅。就这样，在极短的时间内，刘禹锡就搬了两次家，住房一次比一次小，可是，他仍然笑呵呵地读书作文，根本不把策知县的小把戏当一回事。

策知县觉得刘禹锡应该知道自己的厉害了，就到刘禹锡住的地方来看笑话，不料老远就看见刘禹锡的门前聚了很多人。走近才看见，原来是刘禹锡在门前贴了一篇《陋室铭》，人们争相朗读：

　　山不在高，有仙则名。

　　水不在深，有龙则灵。

　　斯是陋室，惟吾德馨。

　　…… ……

策知县听着人们对刘禹锡的夸赞，自知理亏，就灰溜溜地走了。

刘禹锡看着策知县的背影，轻轻吟出一首旧作《乌衣巷》：

朱雀桥边野草花，乌衣巷口夕阳斜。

旧时王谢堂前燕，飞入寻常百姓家。

"乌衣巷"在今江苏省南京市秦淮河南岸。三国时，吴国曾在这里驻军，兵士都穿黑衣，所以后来地名就叫乌衣巷。东晋时的王导、谢安等大官就居住在这里。"朱雀桥"是秦淮河上的一座桥，在乌衣巷附近。"野草花"指野花开放了；"花"在这里作动词，意思是"开花"。"夕阳斜"指傍晚斜照的太阳。"王谢"指东晋时代王导和谢安两大贵族之家，当年的贵族到唐代都早已衰落了。

诗的意思是说：朱雀桥边看野草静静开花，乌衣巷口看斜阳慢慢西下。过去王、谢堂前筑巢的燕子，全都飞进了普通百姓的家。诗人通过野草、斜阳、燕子等景物描写，表现了乌衣巷的时代变化，反映了王、谢等豪门贵族的没落，隐含着深沉的感慨和辛辣的嘲讽。这首诗全篇写景，没有直接议论，却巧妙地表现了深刻的哲理，语言含蓄，耐人寻味。

刘禹锡吟起这首旧作，是想说：朱雀桥、乌衣巷这边的王、谢豪宅都已经荒凉衰落了，可是，我住的这个陋室却因为有我快乐的生活，而充满生机和活力。

白居不易

赋得①古原草送别

[唐]白居易

离离②原上草，一岁一枯荣。
野火烧不尽，春风吹又生。
远芳③侵④古道，晴翠⑤接荒城。
又送王孙⑥去，萋萋⑦满别情。

注释

① 赋得：借古人诗句或成语命题作诗。
② 离离：青草茂盛的样子。
③ 芳：指野草浓郁的香气。
④ 侵：侵占，长满。
⑤ 晴翠：草原明丽翠绿。
⑥ 王孙：本指贵族后代，此指诗人的友人。
⑦ 萋萋：形容草木长得茂盛的样子。

白居易在十六岁的时候离开家乡，来到京城长安参加科考。他先去拜访了当时非常有名的前辈诗人顾况，请前辈指点一二。

当时，白居易把名字写在自己的名刺（即名片）上，双手递给顾况。顾况是个很幽默的人，当他看到"白居易"这三个字的时候，不禁哈哈大笑起来，说："嘿嘿，好大的口气呀！你知道吗，现在京城长安的米价正贵着呢，想在这里白白地'居'住，可不容'易'啊！"

白居易自然明白他的意思：如果没有才华，想要在长安生存下来，怕连自己的肚子都填不饱。白居易惴（zhuì）惴不安地看着顾况，不知他对自己的诗歌怎样评价。

只见顾况一边说着玩笑话，一边漫不经心地随手翻看白居易的诗稿。翻着翻着，翻到《赋得古原草送别》这一首诗，顾况停了下来。《赋得古原草送别》这首诗是这样写的：

> 离离原上草，一岁一枯荣。
>
> 野火烧不尽，春风吹又生。
>
> 远芳侵古道，晴翠接荒城。
>
> 又送王孙去，萋萋满别情。

按唐代科举考试规矩，凡指定、限定的诗题，题目前须加"赋得"二字。诗的意思是说：原野上的青草多么茂盛，每年枯萎了又重新繁荣。野火焚烧也烧不尽，春风吹拂又是新的生命。远处的芳草挤窄了古道，鲜明的翠绿蔓延到荒城。又要在这里送你离开了，草上满是我的惜别之情。

顾况手捧白居易的诗稿，读了一遍又一遍，目光最后停在"野火烧不尽，春风吹又生"这两句诗上，点头赞叹说："'野火烧不尽，春风吹又生。'绝妙啊！哈哈，你能写出这样好的诗句，想要在长安居住，又有何难？"

顾况之所以说"野火烧不尽，春风吹又生"绝妙，是因为野火只能烧掉草的茎和叶，而草根埋在泥土里，是烧不掉的，所以第二年春天，草还会重新生长出来。从这两句诗，我们可以体会到野草旺盛的生命力。诗人用野草来比喻自己对朋友的感情，意思是说，无论什么情况下，友情都不会消失，另一方面，也是劝慰友人要像野草那样，经得住艰难困苦的考验，顽强地生活下去。

少年白居易得到了前辈诗人顾况的大力赞扬和推介，他的诗名一时传遍了整个京城。他在长安不仅"居"住下来，而且也确实变得很容"易"。比如，每年夏天，长安城里特别热，需要用大量的冰块降温，可是，冰块不但价钱昂贵，而且很难买到。但是白居易因为诗写得好，受到人们的尊敬和喜爱，所以一旦他需要冰块，只要花很少一点儿钱，就能够买到足够的冰块。

小娃的秘密

池上二绝·其二

[唐] 白居易

小娃撑小艇，偷采白莲①回。
不解藏踪迹②，浮萍一道开。

注释

① 白莲：白色的莲花。
② 踪迹：指被小艇划开的浮萍。

　　白居易六十多岁的时候，在洛阳做官。一天，他兴致勃勃地走着走着，来到一个池塘边，忽然看到一个可爱的小娃。小娃用长篙撑着一只小艇，用力地划动着。他从哪里来？要到哪里去？白居易疑惑地看看小艇里那几朵白莲，马上就明白了：这个小娃，原来是偷偷到池塘深处采白莲去了。

　　本来，密密麻麻的浮萍一个压着一个，层层叠叠连成一片，静静地平铺在水面上，可是小艇划过，在浮萍中间留下来的波纹又长又宽，过了老半天也不能合拢起来。这个小娃不知道自己已经被那道分开浮萍的水线暴露了秘密，还以为别人发现不了自己的行踪，在那小艇上扬着脸傻乐呢！

　　白居易很喜欢这个调皮、活泼、可爱、纯真的小娃，于是微微一笑，随口吟了一首五言小诗，就是这首《池上》：

小娃撑小艇，偷采白莲回。

不解藏踪迹，浮萍一道开。

这首诗就像一部儿童微电影，情绪紧张兴奋，情节简单紧凑，故事好玩有趣，人物鲜明生动。前两句出镜的是一个小娃，后两句配画外音的是一个老诗人。前两句是动态摄影，后两句是特写镜头。全诗充满童真和童趣，语言像用水洗过一样干净新鲜，一看就懂，一读就能记住。可是仔细品味，似乎又有很丰富的色彩和韵味，值得反复揣摩。

这首诗中的几个动词用得准确有力，使人物活灵活现，憨态可掬。一个是"撑"字，写出了小娃的神态；一个是"偷"字，显示了孩子的顽皮和小心翼翼的机敏，不动声色地烘托出一种欢快天真的情调；一个是"藏"字，巧妙呼应了上句的"偷"字，同时也欲扬先抑，为下文埋下伏笔；一个是"开"字，像相声中的抖包袱，既出人意料，又让人忍俊不禁，喜笑颜开。

白居易的诗都非常接地气，讲究语言通俗明白，亲切自然。据说他常常把自己新写的作品读给老婆婆听。老婆婆如果听不明白，他就反复修改，直到老婆婆听懂了为止。我们读到的这首《池上》单纯明净，有着白居易诗歌的鲜明风格。

其实，白居易那天散步，除了看见一个撑小艇的小娃，还听见两个山里和尚在下棋。于是，他也给和尚写了一首五言诗，诗是这样写的：

山僧对棋坐，局上竹阴清。

映竹无人见，时闻下子声。

意思是说：那两个僧人相对坐着下棋，竹荫遮盖了他们的棋盘。隔着竹林，没有人看见他们的模样，但是不时听到他们落子的声音。棋子落在棋盘的声音本来是很轻微的，但是人们隔着竹林还能听见，说明周围的环境很寂静。作者这里使用了以声衬静的技巧，更加突出了那份宁静和安逸。

白居易写"小娃"和"山僧"的这两首诗合在一起，叫《池上二绝》。这两首诗都是漫不经心地摄取一个巧妙的小角度，出语新颖、意境灵动，用平易笔触勾勒出一幅质朴的生动场景，同时也巧妙地在字里行间抒发了诗人自己的恬淡情怀和闲适感慨。

推敲

寻隐者不遇①

[唐] 贾 岛

松下问童子②，言师采药去。
只在此山中，云深③不知处④。

注释

① 不遇：没有遇到，没有见到。
② 童子：指"隐者"的弟子、学生。
③ 云深：指山上云雾缭绕。
④ 处：行踪，所在。

今天的小读者知道唐代诗人贾岛的名字，肯定跟选进小学语文课本的《寻隐者不遇》有关。

这首诗的意思是说：我在松树下问小童子，他说师傅已经采药去了。虽然师父就在这座大山里，云雾太深却不知他身在何地。

诗人专程去山中拜访一位隐士，不巧那位隐士没在家，诗人就记下了在隐士家和他的弟子对话的场面。隐士虽没有在诗中出现，但通过生动的侧面描写，他的神秘形象和潇洒性格已经表现得十分突出了。本诗用问答来记叙拜访隐士这件事，艺术形式非常新颖。

为什么诗中说"云深不知处"而不说"山深不知处"？用"云深"而不说"山深"，呈现出一种云雾缭绕的意境，一方面含蓄地表现了山的高峻，另一方面也侧面表现出了隐士高洁飘逸的风采。

贾岛早年出家为僧，后还俗，担任过长江主簿这样的小官，人称"贾长江"。他的诗多描写自然风物，抒写闲情逸致，诗境平淡，注重炼字炼句。他写诗时特别认真，有时为了一个字，也要琢磨半天，因此流传下来一个关于苦吟的生动故事。

有一天，贾岛骑驴去看望他的朋友李凝，不巧朋友出去了，他就在朋友家的门上写了一首诗，然后骑上驴往回走。他一边走，一边回味刚刚写给朋友的诗，其中有一句"僧推月下门"，他觉得还不太满意。

"'僧推月下门'能不能改成'僧敲月下门'呢？"贾岛一时被难住了。他骑在驴背上，一边走一边想：究竟用"推"字好，还是改为"敲"字好呢？

他一会儿伸手做出"推"的姿势，一会儿又做出"敲"的姿势，路上人们纷纷扭头看他，有的还偷偷笑他，他也不知道。不知不觉，驴驮着他走进了长安城里，他还在用手比画着，苦苦思索。

这时，诗人韩愈骑马过来。韩愈当时任吏部侍郎，走在街上，有侍卫前呼后拥。贾岛太专心了，只顾低头想他的诗，根本就没有看路，骑着驴径直冲进韩愈的侍卫队。侍卫们见贾岛这么大胆，见到官员不躲不闪还往里闯，一拥而上，把他从驴背上揪了下来，推到韩愈跟前。

韩愈问贾岛："你为什么不让路呢？"

"对不起，我正在想我的诗，并不是故意冒犯大人！"贾岛这时才惊醒过来，急忙向韩愈解释。

韩愈听后对贾岛的问题也产生了兴趣，不但没责备他，反而被贾岛这种勤奋思考的精神打动了。他勒住马，也帮贾岛琢磨。最后韩愈说："我觉得用'敲'字好！因为晚上的门一般会用门闩闩上，直接推不开，所以用'敲'字比用'推'字更符合生活常识。另外，'敲'字是开口音，读起来比较响亮。而且，僧人月下的敲门声更加反衬了夜晚的宁静和孤寂。"贾岛认为韩愈的意见很对，就欣然采纳了。于是，这句诗最后就改成了"僧敲月下门"。

从此，韩愈和贾岛便成了诗友。而"推敲"作为认真修改诗文的代名词，也流传了下来。

寒山拾得

杳杳寒山道

[唐] 寒 山

杳杳①寒山道，落落②冷涧滨。

啾啾常有鸟，寂寂更无人。

淅淅③风吹面，纷纷雪积身。

朝朝不见日，岁岁不知春。

注释

① 杳杳：幽暗的样子。
② 落落：寂静冷落的样子。
③ 淅淅：象声词，形容风声。

这首《杳杳寒山道》的作者是唐代的一位诗僧，名叫寒山。

诗的意思是说：幽远寒山上的小路，空旷冷涧边的岩岸。啾啾欢鸣常有小鸟，寂寂深林不见人烟。淅淅冷风吹拂脸庞，纷纷大雪积落身边。天天看不见那太阳，年年不知道那春天。

诗中描写的是寒岩附近的高山深涧中的景色，表现了作者高洁的志向和不同流俗的境界。全篇充盈着冷、寒和幽静的意象。前七句渲染环境的幽冷，最后一句表达了诗人超脱红尘世界的淡泊心境。这首诗中的叠字，大都带有幽冷寂寥的感情色彩，接连使用，使诗笼罩着一层清幽的气氛，产生独特的艺术效果。诗人借助这种特殊的形式，把本来分散的山、水、风、雪、鸟、情，组织成一个和谐的整体，回环往复，连绵不断，意境深远。另外，这些叠字也增强了诗的音乐美，使人读起来感到和谐连贯，朗朗上口。

寒山的诗歌大多都像这首《杳杳寒山道》一样明浅如话，有鲜明的乐府民歌风，内容除了用形象演说佛理之外，多描述世态人情、山水景物，诗风幽冷，别具境界。

相传，他在天台山的寒岩隐居的时候，时常下山到附近的国清寺看望他的朋友拾得。拾得也是一位和尚，在国清寺管烧火做饭。寺里有了剩饭，他就装进一个竹筒里，让寒山背回山上吃。

有一天，寒山问拾得："世间有人谤我、欺我、辱我、笑我、轻我、贱我、恶我、骗我，我该怎么办？"

拾得告诉他："只是忍他、让他、由他、避他、耐他、敬他、不要理他，再待几年你且看他。"

寒山又问："还有什么办法可以躲开这些烦恼吗？"

拾得叹了一口气，念起了一篇长长的禅诗，其中有几句是这

样的：

老拙穿破袄，淡饭腹中饱，

补破好遮寒，万事随缘了。

……　……

跳出红火坑，做个清凉汉。

悟得真常理，日月为邻伴。

　　寒山听了，会心地点了点头，就到墙根底下晒太阳去了。寒山每天穿的衣服破破烂烂，容貌枯瘦，说的话疯疯癫癫，却又好像很有道理。他最喜欢在国清寺的走廊里散步，一边走还一边自言自语。

有时候想起一些高兴的事，他就自己哈哈大笑，有时还大喊大叫。寺里的和尚让他安静，他也不听。人们知道他是个怪和尚，也就随他去了。

关于寒山和拾得，还有这样一个传说故事。话说新上任的台州刺史闾丘胤得知寒山和拾得是两个很有才能的人，于是就专门到国清寺去拜访他们。刺史在厨房里终于找到了他们，急忙走上前给他们施礼。寒山和拾得见了，却哈哈大笑起来，说："你为什么不到前面大殿去拜佛，却来拜我们！"说完也不等闾丘胤回答，手拉手走出了寺门。

后来，闾丘胤打听到寒山和拾得住在天台山寒岩下面，就专门做了两套衣服，并预备了一些礼品，前去拜访。闾丘胤一行来到山上，正好遇见寒山在树林里散步。他见了闾丘胤他们，一边往身后的山洞里退，一边喊："有贼，有贼！"退到洞口，又喊道："回去告诉大家，各自努力。"说完，洞口就自己关上，再也找不到了。

闾丘胤在山上找来找去，只是在竹子上、树木上、石壁上抄下来一些他们写的诗歌。其中寒山写的有三百多首，拾得写的有几十首。闾丘胤后来把这些诗编成了诗集。从此，寒山的诗歌受到了很多人的喜爱，拾得也引起了很多人的关注。

不知从什么时候开始，寒山和拾得在民间传说中成为"和合二仙"，主管婚姻幸福，家庭和睦。年画里常有两个活泼可爱的神仙，一人手举荷花，一人手捧盒子，据说画的也是寒山和拾得。

呕心沥血

高轩过①

[唐] 李 贺

华裾②织翠青如葱，金环压辔摇玲珑。

马蹄隐耳③声隆隆，入门下马气如虹。

云是东京才子，文章钜公④。

二十八宿罗心胸，元精耿耿贯当中。

殿前作赋声摩空，笔补造化⑤天无功。

庞眉书客⑥感秋蓬，谁知死草生华风⑦。

我今垂翅附冥鸿⑧，他日不羞蛇作龙⑨。

注释

① 高轩过：从高大华贵的车前来拜访。

② 华裾：官服。

③ 隐耳：声音盛多而盈耳。

④ 钜公：有巨大成就的人。

⑤ 笔补造化：以诗文弥补造化的不足。

⑥ 庞眉书客：黑白粗眉的书客，此处是作者自称。

⑦ 华风：犹光风。天日清明时的和风。

⑧ 冥鸿：空中鸿雁。

⑨ 蛇作龙：喻咸鱼翻身，仕途转起。

据传说，李贺很小的时候，就学会了写诗作文，而且写得很好，好多诗人都知道他。当时担任吏部员外郎的大文豪韩愈听说后，感到非常惊奇，于是就约上另一个诗人皇甫湜（shí），一起坐着轿子来看李贺。

他们到了李贺家，见到李贺是个乳臭未干的小孩，两人都不相信他还会作诗。皇甫湜就对韩愈说："咱们出题目考考他吧。"韩愈说："别出题了，他能够自己当场写一首诗，就算不错了。"李贺听了，细声细语地说道："既然二位不出题，那我就以二位前辈来访为题吧。"说完，略微思考，当场就吟了一首《高轩过》：

华裾织翠青如葱，金环压辔摇玲珑。

马蹄隐耳声隆隆，入门下马气如虹。

云是东京才子，文章钜公。

二十八宿罗心胸，元精耿耿贯当中。

殿前作赋声摩空，笔补造化天无功。

庞眉书客感秋蓬，谁知死草生华风。

我今垂翅附冥鸿，他日不羞蛇作龙。

这首诗写了韩愈和皇甫湜两位前辈来造访时的情景，连他们的官服是绿色的都写了出来。接着，赞颂了他们两位的学识和声名。最后，表达了自己的远大志向。全诗一气呵成，绘声绘色，诚恳恭敬，辞藻华美。其中"笔补造化天无功"这句诗，后来还演变成了成语"笔补造化"，指笔墨可以弥补自然界的不足，形容笔墨的作用大，笔力高超。

韩愈和皇甫湜互相传看，惊喜万分，一齐竖起大拇指，对小李贺夸赞不已："天才，天才！果然名不虚传哪！"

经过这次来访，李贺的诗名更大了。他却一点儿也不骄傲，写诗依然非常刻苦。

李贺写诗，并不急着动笔，而是先要到生活中去发现题材，寻找题材。他经常骑着一头毛驴四处游走，身后跟着家中的小童子。小童子的腰里系着一条小布袋。小布袋可不是用来装零食的，而是用来装诗稿的。

李贺游山看水也不是为了玩，而是一边走一边思索，把一路上经历的事、看到的景、遇到的人都一一记在心里。一旦有了好句子或是来了创作灵感，他就提笔赶紧写下来，然后放进小童子背着的小布袋里。

一回到家里，他不顾劳累，甚至连饭也顾不上吃，急忙从小布袋里拿出投进去的那些断章零句，立即进行整理，并把它们写成一首首令人拍案叫绝的诗。

有时候他母亲看他的小布袋里装满了诗稿，就会心疼地说："这孩子苦苦吟诗，非要把心也呕出来吗？"后来，他母亲这句话演变成了一个成语，叫"呕心沥血"。

正是因为李贺全身心地投入到创作之中，他所创作的大量诗作才受到很多后人的喜爱。

荔枝来

过华清宫绝句三首·其一

[唐]杜 牧

长安回望绣成堆，山顶千门次第开。
一骑红尘妃子笑，无人知是荔枝来。

话说，有一年杨贵妃的生日，唐玄宗为了哄她高兴，就带她出来游玩。可是，杨贵妃却显得无精打采，一副不开心的样子。唐玄宗不知什么原因，就问："你为什么不高兴啊？"

杨贵妃噘着嘴巴说："我从小就喜欢吃荔枝，可是北方却没有新鲜的荔枝！"

"你怎么不早说，这算什么难事！"唐玄宗马上传令，让福建、广东等地官府派人火速送荔枝进宫。

既然皇帝下了令，福建、广东等地的官府哪敢有半点儿的怠慢，赶紧命人摘下最好的荔枝，装满两只大筐，骑快马送到京城。由于路途太远，一路上安排了好多接待点，每到一站，骑马人顾不上休息，立刻将两只筐从马鞍上卸下来，放到另一匹马的背上，继续赶路。

为了让杨贵妃吃上新鲜的荔枝，骑马人不顾烈日和风雨，一站又一站地日夜奔波。他不停地挥动马鞭，催促着马跑得快一点儿，再快一点儿。就这样，累死了好几匹马。

路上的行人看骑马人打马如飞，都不知道发生了什么事情，纷纷停下来，惊讶地目送着他的身影向京城的方向飞奔而去。当宫女捧着玉盘，把红红的荔枝送到杨贵妃面前时，杨贵妃的脸上终于有了笑容。

后来晚唐诗人杜牧了解了这件事，对唐玄宗这种浪费国家钱财、只为讨杨贵妃欢心的行为非常愤怒，于是就写了《过华清宫绝句三

首》，把皇帝狠狠地讽刺了一番，其中一首写道：

长安回望绣成堆，山顶千门次第开。

一骑红尘妃子笑，无人知是荔枝来。

华清宫遗址位于今陕西省西安市临潼区骊山北麓，是以温泉汤池著称的古代离宫，唐玄宗和杨贵妃曾在此游乐。"绣成堆"指骊山右侧有东绣岭，左侧有西绣岭，岭上花木茂盛，如同团团锦绣堆成。"千门"形容山顶宫殿规模宏大，门户繁多。"红尘"指尘土飞扬。

这首诗清丽活泼，寓意辛辣，含意深刻。杨贵妃喜欢吃荔枝，可当时的荔枝只有岭南出产。于是皇帝下令让福建、广东等地官府用快马送荔枝进华清宫。这首诗含蓄而辛辣地讽刺了这种浪费国家钱财、只为讨贵妃欢心的荒唐行为。全诗从"回望"开始烘托气氛，设置悬念，句句推进，层层渲染，最后以"荔枝来"揭开答案，收束全篇。没有一句直白的议论，却收到了非常强烈有力的讽刺效果。

由于唐玄宗宠幸杨贵妃，重用她的哥哥杨国忠等奸臣，最后酿成大乱。公元 755 年，安禄山以诛杀奸相杨国忠为借口，突然起兵造反，史称"安史之乱"。安禄山的军队很快就攻占了潼关，威胁唐都长安。唐玄宗只好带着杨贵妃向西逃跑，途经马嵬（wéi）坡时，禁军将领陈玄礼等人杀死杨国忠等人之后，要求唐玄宗处死杨贵妃，以绝后患。传说，唐玄宗为了保住自己的性命，让人把杨贵妃带到一座庙里用带子勒死了。

巧续瀑布诗

望庐山瀑布

[唐]李 白

日照香炉①生紫烟②，遥看③瀑布挂④前川⑤。
飞流直⑥下三千尺⑦，疑是银河落九天。

注释

① 香炉：指香炉峰。
② 紫烟：指日光透过云雾，远望如紫色的烟云。
③ 遥看：从远处看。
④ 挂：悬挂。
⑤ 川：指瀑布。
⑥ 直：笔直。
⑦ 三千尺：此处以夸张的说法形容山高。

李白的这首《望庐山瀑布》受到很多人的喜爱和赞扬。"庐山"在今江西省九江市南，是一个著名的游览胜地。这里的"香炉"指庐山香炉峰，因山峰上云雾弥漫，像香炉冒烟一样而得名。

诗的意思是说：阳光照耀香炉峰，峰上升腾着紫色云烟，远望庐山瀑布，直挂在前面的江边。激流从三千尺的高处飞泻而下，让人怀疑是灿烂银河飞落九天。

这首诗用大胆的想象和奇特的夸张，生动描绘了庐山瀑布的壮丽景观。"挂前川"的"挂"字化动为静，表现了在远处看到瀑布的感觉。第三句的"飞"字把瀑布喷涌的样子描绘得非常形象，"直下"既写出山势的陡，又写出了水流的急。接着一句"疑是银河落九天"，写的是风景，也是在写诗人的心理活动，贴切新奇，非常生动。李白的这首瀑布诗写得很棒，传唱度很高。谁走到庐山瀑布前，都会想起李白的这首诗。

过了几十年，一个名叫李忱（chén）的人想到庐山游览。他在半路遇到一位老禅师，也说要去庐山，于是两个人就结伴而行。走着走着，两人听到哗哗的流水声，都很好奇，就一起顺着水的声音找过去，一直来到庐山香炉峰的瀑布前。李忱望着庐山瀑布，心里非常激动，对老禅师说："李白在游庐山的时候吟出'飞流直下三千尺，疑是银河落九天'的诗句，多么形象啊！"

老禅师点头表示赞同。他看出来李忱谈吐不凡，就想试探一下他，说："我也想写一写庐山瀑布，可惜我只想出了前两句，后面却续不上来，我想请你帮忙！"说完，不错眼珠地看着李忱。

"我试试吧，老人家请讲前两句！"李忱礼貌地说。

老禅师慢慢吟道："千岩万壑（hè）不辞劳，远看方知出处高。"意思是说：无数条溪流不辞辛劳地流经千岩万壑，汇成瀑布一泻而下，只有从远处望，才能发现它们是从那高高的山上流下来的。

李忱听出老禅师诗里的弦外之音，于是也很快续出了两句："溪涧岂能留得住，终归大海作波涛。"意思是说：瀑布的洪流怎么能在小溪、小涧中停留下来呢？它们的志向是汇入浩瀚的大海翻起滚滚波涛。

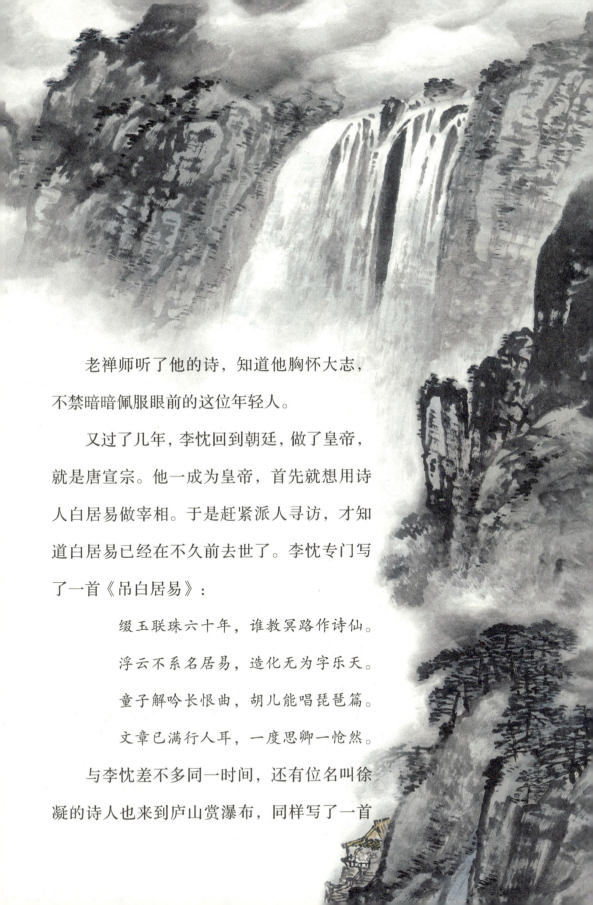

老禅师听了他的诗，知道他胸怀大志，不禁暗暗佩服眼前的这位年轻人。

又过了几年，李忱回到朝廷，做了皇帝，就是唐宣宗。他一成为皇帝，首先就想用诗人白居易做宰相。于是赶紧派人寻访，才知道白居易已经在不久前去世了。李忱专门写了一首《吊白居易》：

绽玉联珠六十年，谁教冥路作诗仙。

浮云不系名居易，造化无为字乐天。

童子解吟长恨曲，胡儿能唱琵琶篇。

文章已满行人耳，一度思卿一怆然。

与李忱差不多同一时间，还有位名叫徐凝的诗人也来到庐山赏瀑布，同样写了一首

《望庐山瀑布》：

　　　　虚空落泉千仞直，雷奔入江不暂息。

　　　　今古长如白练飞，一条界破青山色。

　　白居易读到这首诗，认为徐凝写得非常好，就到处夸赞徐凝。不过，白居易想不到，在他去世几百年之后，居然因为这首瀑布诗，会与宋代的诗人苏轼打一场"笔墨官司"。苏轼认为白居易说得不对，徐凝不如李白写得好，而且是"恶诗"。

　　比较这两首《望庐山瀑布》，哪一首写得更出色呢？李白将瀑布比作银河，徐凝则把瀑布比作白练。李白的诗歌奔放潇洒，给人一种宏伟的气势，而徐凝的诗歌堆砌了很多比喻，但只是描写瀑布，显得很平淡，很呆板。尽管很多人并不赞成苏轼把它评为"恶诗"，但也认为徐凝这首诗确实不如李白的诗更有意境。

劝宰相读书

商山早行

[唐] 温庭筠

晨起动征铎①，客行悲故乡。

鸡声茅店月，人迹板桥霜。

槲叶落山路，枳花明②驿墙③。

因思杜陵梦，凫雁满回塘④。

注释

① 动征铎：震动出行的铃铛。
② 明：使……明艳。
③ 驿墙：驿站的墙壁。
④ 回塘：岸边曲折的池塘。

温庭筠本名叫温岐，是宰相温彦博的后代。他才思敏捷，传说叉手八次就能写出一首诗来，所以外号叫"温八叉"，又因为长相奇特，不修边幅，被称为"温钟馗（kuí）"。他的代表诗作是《商山早行》：

晨起动征铎，客行悲故乡。

鸡声茅店月，人迹板桥霜。

槲叶落山路，枳花明驿墙。

因思杜陵梦，凫雁满回塘。

"商山"在今陕西省商县东南，诗人此时从长安赴襄阳投友，途经商山。"征铎"是车行时悬挂在马颈上的铃铛。"槲"（hú）和"枳"（zhǐ）均是落叶乔木。"驿"是古时候递送公文的人或来往官员暂住、换马的处所。"杜陵"在长安城南，因汉宣帝陵墓所在而得名，这里代指长安。"凫"（fú）是野鸭。

诗的意思是说：早晨起来啊车行铃响，悲伤的旅人想念家乡。鸡声嘹亮，茅草店沐浴着晓月的余晖；足迹凌乱，板桥上覆盖着早春的寒霜。槲树叶黄飘落在山路，枳花开放映照着驿墙。因而想起杜陵的梦境，凫雁布满曲折的池塘。

这首诗生动描写了早晨出发赶路时在商山见到的景色，抒发了对家乡的思念，以及遭逢官场挫折之后的感慨。开头两句写早行引起了对故乡的思念。中间四句写景，处处凸显一个"早"字。末尾二句描述诗人虽然在途中观赏着景色，但心中却充满了孤独忧伤和对长安的留恋。"鸡声茅店月，人迹板桥霜"两句诗，虽然只是把几个名词排列连缀起来，没有任何动词和形容词，但是很自然地勾勒了一幅生动的清冷图画，既凝练又准确，很有意境。后人常引用这两句诗来形容游子早行的景象和心境。

温庭筠虽然写得一手好诗文，可是他在生活中却经常遭受打击，日子过得非常不顺利。

当时的皇帝喜欢听宫女们歌唱大臣新写的诗词，但是宰相令狐绹不会写，而他又很想讨好皇帝。得知温庭筠写得又好又快之后，令狐绹就找到温庭筠，让他替自己写诗词献给皇帝。

如果诗词会讲故事·唐诗篇

温庭筠很看不起这种弄虚作假的作风，瞥眼一看发现那题目很简单，不禁冷笑一声，心说："这么容易的东西都不会写，还当宰相呢！"为了避免令狐绹再纠缠，就随口胡乱吟了一首，交给他就走了。

令狐绹好像得了宝贝一样，十分高兴，还一再叮嘱，让温庭筠不要把这件事说出去。之后，令狐绹把诗词呈献给皇帝，皇帝听后，认为写得很美、很有意境，于是，当场封赏了令狐绹。

没想到，温庭筠有一次喝醉了酒，还是无意中把这件事说了出去。令狐绹听说后大怒，在温庭筠考进士时百般刁难。但温庭筠并不怕他，只是觉得他很好笑。因为温庭筠确实有才华，所以令狐绹遇到事情，有时又不得不去向温庭筠请教。

有一回，令狐绹向温庭筠请教《庄子》中一个非常简单的问题，温庭筠实在忍不住了，就慢条斯理地说："您请教的问题，在《庄子》里就能找到。这本书到处都有，并不是太难找，而且这个问题这么容易，您竟然不知道。虽然宰相工作很忙，可是也应该多读一些书啊。不然，人家会笑话您的。"

令狐绹听了，差点儿把鼻子气歪了。他平时听到的都是下属们的奉承话，哪里听到过这种严厉的批评啊！

从此，两人关系更加疏远了，而温庭筠劝宰相读书的勇气，受到很多人的称赞。

黄巢咏菊

不第①后赋菊

[唐] 黄巢

待到秋来九月八，我花开后百花杀②。

冲天香阵透长安，满城尽带黄金甲③。

黄巢是唐末农民起义军的领袖，小时候特别聪明。

有一年秋天，黄巢家的院子里菊花盛开，他爷爷摆酒设宴，召集儿子们、孙子们来观赏菊花。喝了一会儿酒，爷爷趁着酒兴，提议做一个关于菊花的联句游戏。大家一个个都联了出来，轮到爷爷时，竟接不上来了。小黄巢见了，站起来说："我代爷爷联句吧。"说完他马上朗诵出了两句：

堪与百花为总首，自然天赐赭黄衣。

意思是说：菊花可以做所有花朵的首领了，你看它们穿着天然的赭（zhě）黄衣呢！

让他感到奇怪的是，大家听了，没有像平时一样表扬他。他的父亲还跳起来骂他："你这小子不要胡说八道！"黄巢感到很委屈，由于年龄小，他还不懂避讳，赭黄衣只有皇帝才能穿，这两句诗倘若传了出去，说不定会惹出大祸的。

他爷爷赶紧打圆场说："这孩子能写诗，是件好事。只是还不知道轻重而已。我看，咱们让小黄巢做一首诗吧。"

大家都同意，催黄巢快点儿吟诗，黄巢微微一笑，随口吟诵起来：

飒飒西风满院栽，蕊寒香冷蝶难来。

他年我若为青帝，报与桃花一处开。

这首《题菊花》诗，意思是说：满院菊花在西风中开放，可惜这时候天已经很冷，蝴蝶已经没有了。将来有一天，如果我当了管理花的神仙（青帝），就命令菊花跟桃花一起在春天里开放。

爷爷听了，笑得合不拢嘴，说："这孩子想象太丰富啦，这首诗妙极了！"站立一旁的黄巢的父亲，脸上也露出赞许的笑容。大家都暗暗惊异：这孩子小小年纪，竟然为菊花鸣不平，要重新安排它开放的时令，他的胸襟抱负可不小啊！

虽然黄巢天赋异禀，但他长大后前去赶考，却屡次落榜。有一次，他再次考砸之后，又写了一首菊花诗，来表明自己的志向，题目就叫《不第后赋菊》：

待到秋来九月八，我花开后百花杀。

冲天香阵透长安，满城尽带黄金甲。

"九月八"指重阳节，重阳节有赏菊的习俗，相沿已久。实际重阳节是农历九月九日，这里不说"九月九"而说"九月八"，既是为了押韵，另外还透露出一种盼望菊花怒放的时节早日到来的情绪。"冲天"写出了菊花香气浓郁、直冲云天的非凡气势。"香阵"说明金菊不是一枝独放，而是千枝万朵列成战阵。

诗的意思是说：等到秋天到来的九月初八，菊花开后其他百花都凋谢了。浓郁芬芳能够把长安香透，满城金菊就像披上黄金铠甲。

作者描写了自己想象中菊花盛开的壮丽景色，表达了豪迈的气概和远大的抱负。全诗意境豪迈瑰丽，比喻新颖奇特。诗中的菊花一改过去那种幽香淡雅的情调，显现出一种刚劲粗犷、充满战斗豪情的壮美。

诗人写这首诗的时候，身边并没有菊花盛开。因为第一句就说"待到秋来九月八"，意思是说等到重阳节那一天。从这个"待到"可以判断，作者后三句诗写的都是自己的想象。而这个"待"是充满信心的翘首期待和热烈向往。

后来，能文能武的黄巢成为唐末农民起义领袖，他带领的起义军横扫大半个中国，还曾一度攻下唐朝都城长安，那情景还真的成了"满城尽带黄金甲"。

秦妇吟秀才 〜

菩萨蛮

[唐] 韦 庄

人人尽说江南好，游人只合江南老。

春水碧于天①，画船听雨眠。

垆边②人似月，皓腕凝霜雪③。

未老莫还乡，还乡须④断肠。

注释

① 碧于天：一片碧绿，胜过天色。
② 垆边：指酒家。
③ 皓腕凝霜雪：形容双臂洁白如雪。
④ 须：必定，肯定。

这首《菩萨蛮》描绘了江南泛舟的美景和美好感受，历来受人赞赏，作者是晚唐著名诗人韦庄。韦庄经历了晚唐的动荡，亲历了唐朝的灭亡。唐朝灭亡后，他因为帮助前蜀王建称帝，做了前蜀的宰相。

韦庄生活的年代连年战乱，老百姓的生活特别艰难。韦庄亲身经历过战火劫难，了解百姓疾苦，所以生活非常节俭。据说他家每次做饭下多少米都有固定的分量，做饭烧的柴也都事先称好，不允许浪费一丁点儿。甚至连自家早逝的孩子，他也只是草草入殓（liàn），不忍心用衣物为孩子陪葬，而是节省下来送给更困难的人家。

话说这一年，韦庄在洛阳遇到了一位从京城逃难来的女子。京城长安属于古代的秦国，所以这位来自陕西的女子就被称为秦妇。她头发蓬松，鬓角不整，皱紧眉头，哽咽着对韦庄说道："我本是长安贵人家里的侍女，那天早上打开了镜盒，懒得梳头，独自靠着栏杆，正在教鹦鹉说话，忽然看见门外尘土飞扬，接着又看见街上有人在打鼓。谁知道我家主人骑马赶回来，说看见皇帝已逃难出城，黄巢军的旗帜已经遍地都是，他们冲进城来了。"

据秦妇介绍，当时的人们东躲西藏，屋里屋外一片混乱。家家流血，处处怨声，女子、小孩都被抛弃。城中米价飞涨，食物缺少。老百姓成批地饿死之后，就被抛在城外的沟壑里。整个长安城变得冷清荒凉，过去繁华的街市长出了麦苗。韦庄用"内库烧为锦绣灰，天街踏尽公卿骨"这十四个字来形容长安城的惨状，意思是说：皇宫里的宝库已烧成一大堆五颜六色的灰烬，大街上行走，踏到的都是公卿贵族的尸骨。《秦妇吟》最后写道：

适闻有客金陵至，见说江南风景异。

自从大寇犯中原，戎马不曾生四鄙。

诛锄窃盗若神功，惠爱生灵如赤子。

城壕固护教金汤，赋税如云送军垒。

奈何四海尽滔滔，湛然一境平如砥。

避难徒为阙下人，怀安却羡江南鬼。

愿君举棹东复东，咏此长歌献相公。

诗的意思是说：恰好遇到从金陵（今江苏省南京市）来的客人，说江南的风景与北方大不相同。黄巢起义军只是在中原打仗，江南还没有战火。那边的人民安居乐业，城池也很坚固。四海都是乱得如洪水滔滔，只有江南可以让人避难。你也赶紧乘船向东跑吧，哪怕在江南做鬼，也比在北方的战火中煎熬的日子幸福啊。

韦庄亲历了战争给百姓带来的深重灾难，听了秦妇的悲哀叙述，更是激情难抑，于是就挥笔写下了长诗《秦妇吟》，忠实记述了当时百姓的悲惨遭遇。这首长诗感动了很多人，立刻就流传起来，还有人专门制作成锦幛，悬挂在自家的堂屋里。韦庄从此得了一个外号，被称为"秦妇吟秀才"。

刚开始，韦庄也喜欢自己的这首诗。可是，因为"内库烧为锦绣灰，天街踏尽公卿骨"等诗句太悲惨、太尖锐，他怕触怒朝中的权贵，就写了《家戒》，不让自己的家人把这首诗传给别人看，并到处托人收回别人的抄本，他自己的诗集也不再收录这首诗。后来这首《秦妇吟》就失传了。后世的学者都只知道他被称为"秦妇吟秀才"，却再也看不到这首诗的全貌了。

直到一百多年前，敦煌道士王圆箓打开了莫高窟的一个尘封的壁洞，这首诗从石窟中被发现，后经王国维和罗振玉等学者的整理研究，我们才重新看到了这首失传千年的《秦妇吟》。

登乐游原

乐游原

[唐] 李商隐

向晚①意不适②，驱车登古原③。
夕阳无限好，只是近④黄昏。

注释

① 向晚：傍晚。
② 不适：不悦，不快。
③ 古原：指乐游原。
④ 近：快要。

晚唐诗人李商隐从小就非常关心国家大事。面对当时朝廷的腐败、国家的衰弱，他心里很忧虑，就写了一首《富平少侯》诗，借着讽刺汉代十三岁的富平少侯张放的醉生梦死，含蓄批评了唐王朝后期统治者的骄奢豪侈。

李商隐后来成为晚唐时期的一位杰出诗人，与杜牧齐名，合称"小李杜"。他的诗意境深远，富于文采，有着一种特殊的朦胧美。

有一次，李商隐牵着一匹马走在郊外，忽然听到远处传来一阵胡琴的声音。顺着琴声找过去，他看见一个衣衫破烂的老人，怀抱一把旧胡琴正在弹奏。

李商隐上前攀谈，告诉对方自己的名字，然后问道："老人家，能告诉我您是谁吗？"

"唉，我是李龟年的儿子！"

李龟年可是著名的乐师啊，没想到碰上了他的后代，李商隐很高兴，于是拉着老人来到一个小酒馆里坐下，两个人一边喝酒一边交谈。

两人相谈甚欢，虽然接触时间短，但是无话不谈。李商隐把自己报国无门的苦闷讲给老人听，老人也说了件压在心底的愤懑（mèn）事。话说，皇帝命令韩愈撰写一篇名为《平淮西碑》的碑文，纪念一次平定叛乱的战役。韩愈在文中对带兵的统帅着墨较多，对一位李姓战将着墨较少，这让那位李姓战将很不高兴。李姓战将的夫人是皇帝的亲戚，就去找皇帝告状。皇帝就把韩愈写的碑推倒，把碑文磨去，请人另外写了一篇以歌颂李姓战将为主的碑文，重新树立起来。韩愈那篇碑文，被称为"韩碑"。因为写了这篇碑文，韩愈受到很多打击，甚至死后很长时间，也没人为他说句公道话。

老人说起这些，非常气愤。李商隐听了这个故事，对韩碑被磨去也感到很不公平。他们两个越谈越投机，不知不觉喝了好多酒，最后李商隐趴在桌子上睡着了。

李商隐醒来，老人已经走了，只给他留下了一份韩碑的残迹。李商隐明白老人的意思，是希望自己能够为韩愈说句公道话。于是回到家之后，他就写了一首名叫《韩碑》的诗，对韩愈的观点表示支持，对韩碑被磨平销毁表示愤怒。

李商隐一身才华，却得不到施展，经常受到排挤和打击。有一天黄昏，他心里觉得十分烦闷，就乘车来到了长安南面的乐游原散心。看着夕阳西下，彩霞满天，他忽然心生灵感，吟出一首《乐游原》：

　　向晚意不适，驱车登古原。

　　夕阳无限好，只是近黄昏。

诗的意思是说：傍晚时分心情烦闷，乘车登临古原散心。夕阳灿烂多么美好，只是可惜接近黄昏。

这首诗前两句点明登古原的时间和原因，后两句表达对夕阳西下的惋惜和感叹，是千古传诵的名句。

那"夕阳无限好"和"登古原"有什么关系？

试想，如果不是登上了高处的古原，诗人的眼界和观察的角度就会受到局限。只有登上古原，才能更好地观察到夕阳西下、彩霞满天的美丽景色，感受才能更深刻。

后记

祝福所有的孩子

高 昌

祝福所有的花朵
和花朵般美丽的笑容

祝福所有的露珠
和露珠般纯洁的心灵

祝福所有的翅膀
和翅膀般飞动的梦境

祝福所有的嫩芽
和嫩芽般新鲜的萌动

世界翘起了拇指
悄悄睁大惊奇的眼睛

生活张开了臂膀
紧紧拥抱彩色的黎明

多么美好的节日
每一滴泪珠都是水晶

多么快乐的时光
每一声呼唤都是深情

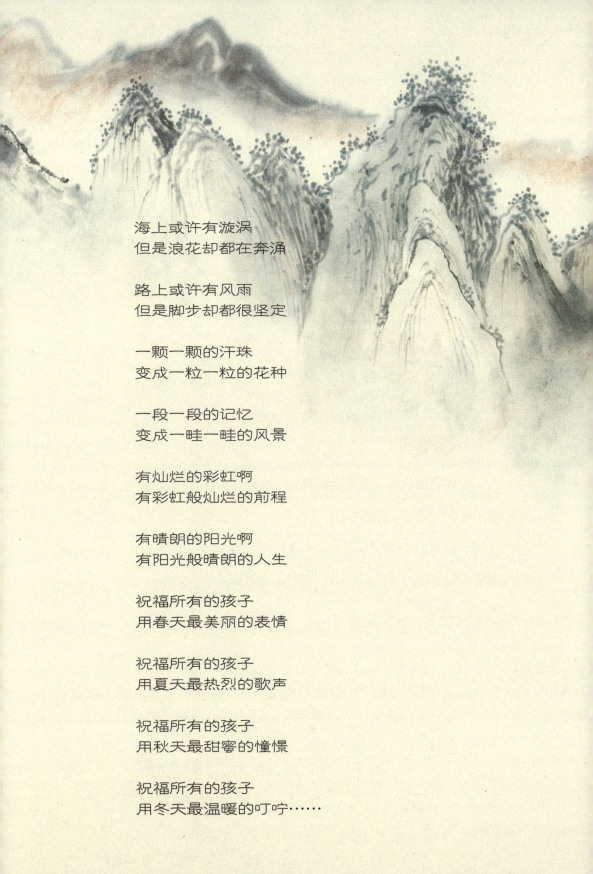

海上或许有漩涡
但是浪花却都在奔涌

路上或许有风雨
但是脚步却都很坚定

一颗一颗的汗珠
变成一粒一粒的花种

一段一段的记忆
变成一畦一畦的风景

有灿烂的彩虹啊
有彩虹般灿烂的前程

有晴朗的阳光啊
有阳光般晴朗的人生

祝福所有的孩子
用春天最美丽的表情

祝福所有的孩子
用夏天最热烈的歌声

祝福所有的孩子
用秋天最甜蜜的憧憬

祝福所有的孩子
用冬天最温暖的叮咛……